超高效會話！

瞬間開口
說英語

學習文法 → 英語造句

腦內英語革命，重新塑造英語腦的文法訓練書

Urban Meetup Tokyo

竹內智則／著　　王韶瑜／譯

笛藤出版

前言

本書主要有兩個目的。

1. 有效學習英語口語會話所需文法。
2. 運用這些文法，造出大量的英語句子。

也就是說，這本書旨在幫助讀者學習英語文法，並且說出具有一定程度的英語。

一般坊間的文法書幾乎仍停留在僅限於英語文法的解說。這些文法書雖然解說詳盡，我們卻不能否認讀完就以為自己已經懂了英語似的，也因為書本比較厚重，讀完就心滿意足卻無法步入實際展現英語能力的階段……，相信很多人都有這樣的經驗。

我認為這就是為什麼許多人懂英語文法卻開不了口的原因。

如果你「想提高考試成績」，只要記住文法書的內容便已足夠，但是如果你的目標是「想要會說英語」，就必須使用所學的文法練習英語造句。

本書分為「學習文法 → 英語造句」兩大學習步驟。透過學習到的文法進行造句訓練，累積「派得上用場的英語」實力。

本書有繁多實用的日常生活會話，當你讀完本書，相信就會對開口說英語更有信心。

我的名字是竹內智則，一間英語技術指導教室的負責人。

本書內容是依據我為課堂量身訂做的 APP 程式教材「瞬間英語造句」所編寫。正如本文開頭所言，我製作這款 APP 程式的動機在「由於找不到任何可以學習文法，同時又能練習口說英語的教材，便開始自行製作」。

在課堂上實際使用 APP 程式的過程中，我反覆的改良增加學員們不擅長的練習部分，補充能夠幫助提升學習效率的功能。

我在編寫書籍版本時，用更淺顯易懂的方式解說我精心挑選出來的英語例句。

很高興與學員們一同參與製作的教材，透過書籍形式傳遞給大眾讀者。

本書中所有英語例句都是請我住在德島縣時認識的友人 Jeff Hadley 監修。多虧他的協助，使得英語例句及解說更加正確、自然。

但願本書幫助你能更親近英語，在開口說英語時更有自信。

Urban Meetup Tokyo 竹內智則

本書使用方法

STEP 1 學習文法

文法解説
部分

把「中學3年所學文法 + α」分成七天進行解說。
（ + α →精心挑選出中學還學不到，卻是母語
人士經常使用的重要文法）

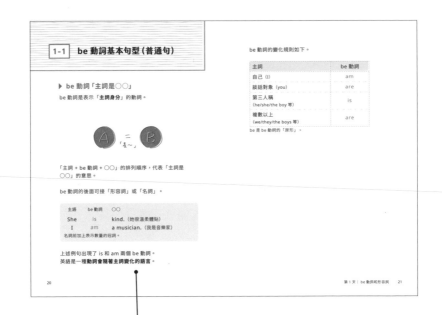

1-1 be 動詞基本句型（普通句）

▶ be 動詞「主詞是○○」

be 動詞是表示「**主詞身分**」的動詞。

A ＝ 「是～」 B

「主詞 + be 動詞 + ○○」的排列順序，代表「主詞是
○○」的意思。

be 動詞的後面可接「形容詞」或「名詞」。

主語	be 動詞	○○
She	is	kind.（她很溫柔體貼）
I	am	a musician.（我是音樂家）

名詞前加上表示數量的冠詞。

上述例句出現了 is 和 am 兩個 be 動詞。
英語是一種動詞會隨著主詞變化的語言。

be 動詞的變化規則如下。

主詞	be 動詞
自己 (I)	am
談話對象 (you)	are
第三人稱 (he/she/the boy 等)	is
複數以上 (we/they/the boys 等)	are

be 是 be 動詞的「原形」。

20　　　　　　　　　　　　　　第 1 天｜be 動詞和形容詞　21

口説英語文法解説

相信應該有許多人在說英語時，對「什麼時候要加 a ?」、「這裡用現在完
成式就好了嗎?」這些問題心生疑問。為了盡可能消除這類疑問，我會在
這裡充分解說口語文法上的使用區分和微妙差異。

2 大步驟
幫助你累積口說英語量

STEP 2 英語造句

英語造句部分　瞬間英語造句,是從中文迅速切換成英語的學習法。請先用手或其他物品遮住右頁,看著左頁的例句,思考意思精確的英語例句。

本階段目標,是希望讀者能夠運用在「解說部分」中所學的文法,迅速造出英語例句。不必死背英語解答,而是要先理解文法之後,再自己造出英語例句。

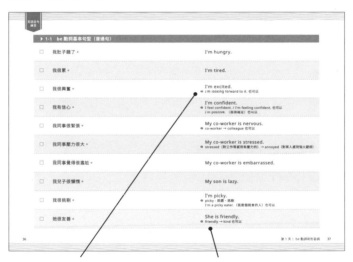

所有例句都是與英語母語人士共同完成,無論是在家或職場都能立刻派上用場。

豐富的英語例句解說評語。

學習進行方式 ‥‥‥‥‥‥‥‥‥‥‥‥‥‥

建議先讀完「解說 1-1」後練習「英語造句 1-1」,一次進行一個項目,逐步練習。

目 錄

第1天　be 動詞和形容詞

第 **2** 天　時態的基礎

● get 取代 be 動詞

● 「漸漸變得～」be getting

第3天　助動詞和疑問詞

● 疑問詞當主詞

第4天　動詞的處理方法（應用篇）

第**6**天　比較級和各種表達方式

- ● 「以便～」so that…
- ● 「另一方面」on the other hand,…
- ● 「儘管～」even though…
- ● 「即使～」even if…
- ● 「以防萬一～」in case…
- ● 「一旦～」once…
- ● 「直到～」until…
- ● 連接詞和時態

第7天　介係詞的使用區分（微妙差異篇）

- ● 用在交通工具的 in 和 on
- ● 下車時使用反義的介係詞
- ● 可使用於任何交通工具的 by
- ● 美國和英國的火車印象

- ● 最常使用的是 in
- ● 不想說「在裡面」時用 at
- ● 有點高的地方用 on
- ● 「附近」用 near / by / in front of

- ● 「各種媒體」傳達訊息和 in / on

第1天 ▶

be 動詞和形容詞

首先，我們要來學習奠定英語基礎的 be 動詞和形容詞。

be 動詞基本句型 (普通句)

▶ be 動詞「主詞是○○」

be 動詞是表示「**主詞身分**」的動詞。

「主詞 + be 動詞 + ○○」的排列順序，代表「主詞是○○」的意思。

be 動詞的後面可接「形容詞」或「名詞」。

主語	be 動詞	○○
She	is	kind. （她很溫柔體貼）
I	am	a musician. （我是音樂家）

名詞前加上表示數量的冠詞。

上述例句出現了 is 和 am 兩個 be 動詞。
英語是一種**動詞會隨著主詞變化的語言**。

be 動詞的變化規則如下。

主詞	be 動詞
自己（I）	am
談話對象（you）	are
第三人稱 （he/she/the boy 等）	is
複數以上 （we/they/the boys 等）	are

be 是 be 動詞的「原形」。

1-2 be 動詞基本句型（否定和疑問）

▶ 如何造否定句

造 be 動詞否定句時，要**在 be 動詞後面直接加 not**。

> You are cute.（你很可愛）
>
> ↓
>
> You are not cute.（你**不**可愛）
>
> It is simple.（這很簡單）
>
> ↓
>
> It is not simple.（這並**不**簡單）
>
> 「You are not = You're not」 「is not = isn't」
>
> 可以用上述的縮寫方式表達。
>
> 建議平時用這種省略形式說英語，可以讓句子更有節奏感。

▶ 如何造問句

造 be 動詞問句時，**要把 be 動詞移到句首**。

透過改變句子排列順序造問句

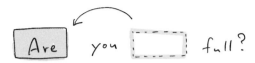

Are you [　　] full?

You are there. （你在那裡）
    ↓
Are you there? （你在那裡嗎？）
I am right. （我是對的）
    ↓
Am I right? （我是對的嗎？）

1-3 be 動詞的代替詞

▶ 可取代 be 動詞的動詞

有幾個**可取代 be 動詞的動詞**。

be 動詞有斷定**「那是～的」**意思，只要用 look/sound/
seem，就能表達**「似乎是～」**、**「聽起來像～」**等含有猜
測之意的微妙差異。

「好像是～」

The question is difficult. （這個問題很難）
    ↓
The question seems difficult. （這個問題**似乎**很難）

You are hungry. （你很餓）
    ↓
You look hungry. （你**看起來**很餓）

▶ look / sound / seem 的差異

這三個字用法不同。

look 是從外表判斷，**「似乎是～」** 的意思。

sound 是用在耳朵聽到的內容 **「聽起來像～」**。

seem 的微妙差異在 **「根據情況判斷」**。

雖然不知道長什麼樣子，感覺是從某人所處的情況和周遭所說的來判斷。

（這些傳達話者猜測之意的動詞稱為「感官動詞」。）

▶ 接續名詞的情況

想在後面接續名詞時，用 **「seem to be」** 或 **「加 like」**。

It **seems** to be his birthday.

（好像是他的生日）

That **sounds** like Dave's song.

（那首歌聽起來好像是 Dave 的歌）

- like 可與 look/sound/seem 併用。to be 只能用在「seem to be」的句型上。
- 如果用 like，就會變成「雖然不是真的，但是很像～」的意思。

▶ tired 和 tiring 的區別

在英語造句練習（p.40、41）中，將會出現幾個諸如 tired 和 tiring 等 **「單字結尾不同的形容詞」**。

tired	↔	tiring
（累的；疲倦的）		（累人的；令人疲倦的）
interested	↔	interesting
（有趣的）		（令人感到有趣的）

-ing 結尾的形容詞表達**「令人感到～的」**，經常與事物一起使用。

-ed 結尾的形容詞表達**「被～的狀態」**，經常與人一起使用。

a boring movie
（令人感到無聊的電影）

　　　　　↓看完這部電影的結果

She looks bored.
（她看起來很無聊）

▶ 動詞 + s

be 動詞以外的動詞在主詞是「除了自己和談話對象以外、且是單數」時，稱為「第三人稱單數」，要加 s。

主詞	be 動詞
自己（I）	look （不變）
你（you）	look （不變）
第三人 (he/she/the boy 等)	looks （字尾加 s）
複數 (we/they/the boys 等)	look （不變）

有些動詞會變化成不同形式。

原形	第三人稱單數的形式
do	does
go	goes
have	has
study	studies
play	plays

-o 結尾的動詞加 es，「子音 + y」結尾的動詞去 y 加 ies。（例外：「have」→「has」）

形容詞和名詞

▶ 使用形容詞描述名詞

名詞前面放「形容詞」，**可以詳細解釋名詞。**

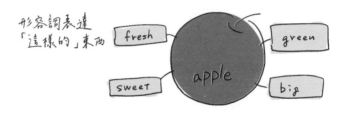

形容詞表達
「這樣的」東西

It's an apple. （那是一顆蘋果）
　　↓
It's a big apple. （那是一顆大蘋果）
It's a tasty apple.（那是一顆美味的蘋果）
That looks like a green apple.
（那個看起來像是一顆青蘋果）
形容詞基本上放在「冠詞」和「名詞」之間。

透過形容詞和名詞的組合，可以大幅提升你的表達能力。
讓我們練習造各種組合的句子吧。

▶ that 和 it 的區別

在英語造句練習（p.42、43）中，出現了不少 that 和 it。兩者都是「那個」的意思，最好能區分正確的使用方法。

it 主要是要談論自己提過的事情，that 則是用在談論對方正在說的事情。

A: I bought a new car.

A: It's really nice. You should come drive with me!

（那真是一部好車，你應該跟我一起去兜風的！）

B: That' snice! I'd love to!

（那真是太好了！我很樂意！）

1-5 疑問詞的用法

▶ 疑問詞的用法

這次我們要來學習使用「疑問詞」的句子。

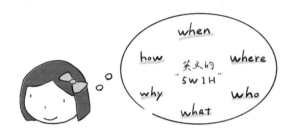

使用疑問詞 How（如何），可以造出「How is～?」（～如何？）的問句。

> How is **your room?** （你的房間如何？）
> How are **you?** （你好嗎？）
> How is **Tokyo?** （東京如何？）
> be 動詞會隨著主詞不同，變化成 am/ are/ is。

疑問詞還有以下其他種類。

> When　何時　　Where　哪裡
> Who　　誰　　　What　　什麼
> Why　　為什麼　Which　哪個
> Whose　誰的　　Whom　（對）誰
> 近來英語已不太會用 whom，多用 who 代替。

替換疑問詞，可以造出不同意思的問句。

> What is that?（那個是**什麼**？）
> Who is that?（那個人**是誰**？）
> When is it?（那是**什麼時候**？）
> Why is that?（**為什麼**會那樣？）
> Whose is this?（這是**誰的**東西？）

▶ 在 How 後面接形容詞

How 後面加 big 就是 How big（有多大？）的意思，**只要在疑問詞後面增加一個詞，就能提出更詳細的問題。**

> How is your bag?（你的包包怎麼樣？）
> ↓
> How much is your bag?（你的包包多少錢？）
> How old is your bag?（你的包包有多舊？）
> How good is your bag?（你的包包有多好？）

幾乎所有形容詞都可以接在 How 的後面。
讓我們替換各種形容詞，練習造問句吧。

1-6 形容詞放在後面的時候

這次我們要學習形容詞接在名詞後面的模式。

原則上形容詞放在名詞前面使用，主要有 3 種情況則是把形容詞放在後面使用。

▶ ①解釋 something 和 anybody 等的時候

形容詞和 -thing / -one/ -body 結尾的代名詞接在一起時，**形容詞都要放在後面。**

形容詞接續在something後面

something good white cute

> I want **something** sweet.
> （我想要一點甜的東西）
> **Something** bad happened yesterday.
> （昨天發生了不好的事）

▶ ②形容詞後面接其他詞的時候

當形容詞的部分有 2 個字以上時，要把形容詞放在名詞後面。 （這是為了不讓名詞和形容詞分開）

I like **the park** close to the library.
（我喜歡在圖書館附近的公園）
I read **the newspaper** left on the bench.
（我讀了放在長椅上的報紙）

形容詞 2 個字以上的範例
next to（在～旁邊）/ close to （靠近～）/ full of （充滿～的）
/ specific to （特定的～、具體的～）/ related to （和～有關）/
based on （根據～）/ similar to （和～相似）

▶ ③賦予形容詞「暫時性的微妙差異」

形容詞放在名詞前面，表示「從平時就～」的意思。
相反地，如果希望表達「只是暫時性的」微妙差異，就可以
把形容詞放在名詞後面。
（很常用在動名詞 V-ing 和 responsible 等 -ble 結尾的形容詞）

The woman talking is really beautiful.
（現在正在說話的女人真的很漂亮）
We have **some seats** available.
（我們有一些座位可坐）

1-7 形容詞後面接 to

▶ 「很難做～」

只要在 difficult 和 easy 等表示難易度的形容詞後面接 to 不定詞，就能表達**「事情難做還是好做」**。

用 to「附加」內容

He is difficult ← to work with.

His question is **easy** to answer.
(他的問題很容易回答)
It is **impossible** to believe.
(真教人難以置信)

【可以這樣使用的形容詞組】
good （好的、適合的）
difficult / hard （困難的）
easy （容易的）
safe （安全的）
possible （可能的） 等等

▶ too + 形容詞「太〜」

除了上述形容詞外，還能加 **too**（太〜）表達 **「做什麼事太〜」** 的意思。

His story is **too boring** to listen to.
（他的故事太無聊到聽不下去）
I'm **too tired** to continue my job.
（我累到無法繼續我的工作）

▶ 形容詞 enough「足夠的〜」

也可用 **enough** 替代 too。
enough 放在形容詞後面。

This box is **big enough** to fit them all.
（這個盒子大到可以裝得下所有東西）
His report is **long enough** for the application.
（他的報告長到足以提出申請）
後面想接名詞時要用 for。

在任何情況下，都可以省略從 to 開始的部分。

His story is **too boring**. （他的故事太無聊了）

▶ 1-1 be 動詞基本句型（普通句）

☐　我肚子餓了。

☐　我很累。

☐　我很興奮。

☐　我有信心。

☐　我同事很緊張。

☐　我同事壓力很大。

☐　我同事覺得很尷尬。

☐　我兒子很懶惰。

☐　我很挑剔。

☐　她很友善。

I'm hungry.

I'm tired.

I'm excited.
💬 I'm looking forward to it. 也可以

I'm confident.
💬 I feel confident. / I'm feeling confident. 也可以
I'm positive. （我很確定）也可以

My co-worker is nervous.
💬 co-worker → colleague 也可以

My co-worker is stressed.
💬 stressed（對工作等感到有壓力的）→ annoyed（對某人感到惱火厭煩）

My co-worker is embarrassed.

My son is lazy.

I'm picky.
💬 picky - 挑選、挑剔
I'm a picky eater. （我是個挑食的人）也可以

She is friendly.
💬 friendly → kind 也可以

▶ **1-2　be 動詞基本句型（否定和疑問）**

☐　你在生氣嗎？

☐　你很緊張嗎？

☐　她有壓力嗎？

☐　她很尷尬嗎？

☐　我沒有信心。

☐　我的經理並不嚴格。

☐　我的客戶不是很滿意。

☐　我的同事不好相處。（不友善）

☐　客戶感到失望嗎？

☐　她沒興趣。

Are you angry?

Are you nervous?

Is she stressed?
💬 在這種情況不太會用 annoyed

Is she embarrassed?

I'm not confident.
💬 I don't have confident. 也可以

My manager is not strict.
💬 「主管」也可以改成→ boss

My client is not satisfied.
💬 My client doesn't feel satisfied. 也可以

My colleague is not friendly.
💬 … is difficult to talk to. 也可以

Is the client disappointed?
💬 our client 也可以

She is not interested

▶ 1-3　be 動詞基本句型（否定和疑問）

☐　看起來很美味。

☐　看起來很苦。

☐　這家餐廳似乎很棒。

☐　聽起來很無聊。

☐　聽起來很累人。

☐　你看起來很累。

☐　那張照片看起來真教人尷尬。

☐　那份手冊看起來讓人感到困惑。

☐　對我爸爸來說，似乎是一個特別的日子。

☐　今天的晚餐似乎是燉菜。

It looks good.
- tasty 或 delicious 也可以
  上菜時，會說「看起來很好吃」，因此用 looks 最為恰當。

It looks bitter.

This restaurant seems nice.
- seems → looks 也可以

That sounds boring.

That sounds tiring.

You look tired.
- look → seem 也可以

That picture looks embarrassing.

That manual looks confusing.
- manual → guidebook 也可以

It seems to be a special day for my dad.
- It seems like ～（似乎是特別的日子）也可以

Today's dinner seems to be stew.

▶ **1-4　be 動詞基本句型（否定和疑問）**

☐　這是一個無聊的故事。

☐　這是一份累人的工作。

☐　這是一個讓人興奮的日子。

☐　這是糟糕的一天。

☐　這是一份壓力很大的工作。

☐　我是一個普通人。

☐　他好像是一個壞人。

☐　那是一個很奇怪的規定。

☐　那是合理的價格。

☐　這是一個複雜的問題。

It's a boring story.

It's a tiring job.
It's tiring work. 也可以

It's an exciting day.

It's a terrible day.
terrible → awful 也可以

It's a stressful job.
It's stressful work. 也可以

I'm an average person.
normal （普通的） 也可以

He seems like a bad person.
由於後面接名詞，要用 seems like 或 looks like（外觀判斷）也可以

That's a strange rule.
That sounds like a strange rule. 也可以

That's a reasonable price.
reasonable（合理的、負擔得起的）、affordable（買得起的）也可以

This is a complicated problem.
complicated（複雜的、錯綜複雜的）→ difficult（困難的）也可以

▶ 1-5　be 動詞基本句型（否定和疑問）

- [ ] 你的房間如何？

- [ ] 你的工作怎麼樣？

- [ ] 這個如何？

- [ ] 那個紅色的東西是什麼？

- [ ] 哪一個是你的？

- [ ] 有多貴？

- [ ] 有多正確？

- [ ] 你有多餓？

- [ ] 這份工作有多困難？

- [ ] 她有多不舒服？

How is your room?

How is your job?
🗨 對關係親密的人可說 How is work?

How is this?
🗨 How about this? 也可以

What is that red thing?
🗨 red one（紅色的東西）。one 是有其他相似的東西，把它與「這裡的是什麼東西？」做比較時用。

Which is yours?
🗨 Which one is yours? 也可以

How expensive is it?

How accurate is it?

How hungry are you?

How difficult is the job?
🗨 job → task 也可以

How sick is she?
🗨 How bad is she feeling? 也可以

▶ 1-6　be 動詞基本句型（否定和疑問）

☐　好笑的事情發生了。

☐　糟糕的事情發生了。

☐　可能會發生可怕的事情。

☐　奇怪的事情發生了。

☐　我想要苦苦的東西。

☐　我想要味道濃郁的東西。

☐　在他旁邊的人是誰？

☐　誰是負責人？

☐　附近的郵局在哪裡？

☐　你能幫我找和這個有關的文件嗎？

Something funny happened.

Something terrible happened.

Something scary may happen.
💬 will 或 could 也可以

Something strange happened.

I want something bitter.

I want something rich.

Who is that person next to him?

Who is the person responsible?
💬 responsible → in charge 也可以
the responsible person，聽起來有「責任感強的人」的意思。

Where is the post office close to here?
💬 close to → near 也可以

Can you look for documents related to this?
💬 look up（網路查詢）也可以

▶ 1-7　be 動詞基本句型（否定和疑問）

☐　現在太燙了不能吃。

☐　咖啡對我來說太苦了。

☐　這個湯太鹹，沒辦法全部喝完。

☐　有夠便宜。

☐　有夠好。

☐　難以置信。

☐　這很容易回答。

☐　那部電影對他們來說太恐怖了。

☐　今天要完成的工作太多了。

☐　這個提案實在是貴得令人無法接受。

This is too hot to eat now.

Coffee is too bitter for me.
- 特定的咖啡→ the coffee 或 this coffee。
- 一般的咖啡→ coffee 不加冠詞。

This soup is too salty to drink it all.
- to finish drinking it 也可以

It's cheap enough.

It's good enough.

That's hard to believe.
- hard → difficult 也可以

That's easy to answer.

That movie was too scary for them.

There is too much work to finish today.
- I have ～也可以
- 「工作太多」→ too many tasks

The proposal is too expensive to accept.

第 **2** 天 ▶

時態的基礎

讓我們一起學習現在、平常、過去、未來式的四個時態吧。

時態的基礎（現在和平常 1）

▶ 關於時態

英語是一種在說話時清楚傳達**「那是什麼時候的事？」**的語言。

「現在、過去、未來、平常」
有四個時間，**以動詞型態變化表示**位於哪個時段。（這四個時段稱為「時態」）

▶ 「平常的時態」現在式

表達「總是在做～」和**平常就在做的事情時，動詞用「現在式」**。

現在式表達「總是在做、做了好幾次」的事情

昨天也做　今天也做　明天也做

主詞	動詞	+ α
I	walk	to school（我平常走路去學校。）

▶ 「現在的時態」現在進行式

現在正在進行，或是不打算長久持續下去的事情，用「現在進行式」表達。

現在進行式用「be + 動詞 ing」表達。

進行式表示「只在現在」做的事情

今天我要專心…

▶ 原本「正在做～」的狀態動詞

like（喜歡）、**want**（想要）等動詞原本就有「正在做～」的意思，不必改成進行式。

（這些表示當下狀態的動詞稱為「狀態動詞」）

【狀態動詞舉例】

live （居住）

have （擁有）

think （思考）

hate （厭惡）

know （知道）

agree （贊成）

differ （不同）

exist （存在）

understand （理解）

狀態動詞在**現在式表達「正在做～」**的意思，除了部分狀態動詞外，**不使用現在進行式**。

（這些表示當下狀態的動詞稱為「狀態動詞」）

時態的基礎（未來）

英語主要有**三種未來式的句型**，每一種都帶有微妙差異。在注意個別差異的同時，最好也要懂得如何正確使用。

▶ 「表達自己的想法、預測」will

首先是 will，放在動詞前面使用。

使用 will 的句子以 I 或 we 等自己當主詞時，就表示「**我要這樣做**」、「**我打算這麼做**」的意思。以某人或某物當主詞時，代表預測「**那個人將要做～吧**」。（對自己也能預測「**我將會變成這樣吧**」）

will 表示「打算做」

I'll pay for you. （我來幫你付錢）
Maybe she'll come tonight. （今天晚上她可能會來）
*will 後面的動詞必為原形。

・在表達預測時，為了賦予「可能是～」的意思，經常會和 maybe 或 I think 一起使用。

・使用代名詞（I 或 they 等）時，大多使用 I'll/ they'll 的省略形。（若不省略直接說 I will，就帶有「要做～！」等強調自己意圖的微妙差異。）

▶ 「已經決定好的事」be going to

will 可以替換成 be going to。**在大多數情況下，兩者意思不變。**

（be 動詞配合主詞區分成 am / are/ is 使用。be going to 後面的動詞無論什麼時候都要用原形動詞）

> Maybe she's going to come tonight.
>
> （今晚她可能會來）
>
> 「going to = gonna」，建議平常可省略唸成「gonna（ɡɔnə）」，讓句子更有節奏感。

will 和 be going to 的微妙差異在 will 表示「**當場決定**」接下來即將要做的事情，be going to 表示「**原本就決定好**」接下來即將要做的事情。

這二種差異可以根據你想要傳達的內容，正確使用。

> Ok, I'll call you back. （好，我**會**回你電話）
>
> ↑當場決定

Sorry, I'm gonna be with my girlfriend.
（抱歉，我**要**跟我女友一起度過）

↑之前就決定好

▶ 「100% 決定好的事」現在進行式

「現在進行式 （be +V-ing）」使用於「現在」，也能使用於未來式。

若使用現在進行式，就能表達「**已經確定好要做**」和「**100%會做**」的事情。

She is coming tonight.
（今天晚上她會來）

I'm starting my job next month.
（我會在下個月開始工作）

不太清楚是「現在」還是「未來」的事情時，就補充 tonight 或 next month 等讓人明白時間的詞。

否定句和問句(現在·平常·未來)

接下來我們要練習到目前為止學到的時態、否定句和問句的造句。

▶ 現在式的否定句·問句

造現在式否定句時，**動詞前面要加 don't 或 doesn't**。

Dad takes the train.
　　　↓
Dad doesn't take the train. （爸爸平常不搭火車）

主詞為第三人稱單數時用 doesn't，其他主詞用 don't。加 doesn't 時，去掉原動詞字尾的 s。

造問句時，**要在句首加 Do 或 Does**。

You walk to school.
　　↓
Do you walk to school? （你走路去學校嗎？）

與否定句一樣，主詞是第三人稱單數時要用 does，其他主詞用 do。加 does 時，去掉原動詞字尾的 s。

▶ 現在進行式和未來的時態

接下來我們要來看現在進行式和未來的時態（will / be going to）。

造否定句時，**要在 be 動詞或 will 後面加 not**。

【現在進行式】

She's camping.

↓

She's not camping. （她沒有在露營）

【will】

I will go to camp tomorrow.

↓

I will not go to camp tomorrow. （我明天不去露營）

【be going to】

I'm gonna go to camp tomorrow.

↓

I'm not gonna go to camp tomorrow.

（我明天不去露營）

- 只加 not，其他部分不變。
- 為了讓句子更有節奏感，「will not」多半省略成「won't」。

問句要把 be 動詞或 will 移到句首。

【現在進行式】

It's raining.

　　↓

Is it raining? （正在下雨嗎？）

【will】

It will rain today.

　　↓

Will it rain today? （今天會下雨嗎？）

【be going to】

It's gonna rain today.

　　↓

Is it gonna rain today? （今天會下雨嗎？）

▶ 注意現在式和 will 的問句！

即使是變成問句，現在式仍然表達**「平常就在做的事情」**。

請注意這語感的不同。

> 想詢問對方「**你喝**咖啡嗎？」的時候
>
> ↓
>
> Do you drink coffee? （你平常**喝咖啡嗎**？）
>
> 因為是現在式，問的是「平常的事」。
>
> 正確問法為
>
> Do you want coffee? （你要喝咖啡嗎？）

2-4 時態的基礎 （過去）

我要介紹二種表達過去的句型。最好能留意兩者的差異區分使用。

（有許多表達過去的句型，首先我要介紹二種使用頻率最高的句型。其他句型會在「第六天」的章節介紹。）

過去式為做過一次的事情

以前 過 現在 從現在起 →

完 →

完成式為過去持續到現在的事情

▶ 「簡單過去」過去式

動詞的「**過去式**」表示「**做了〜**」的意思。
單純表達過去做過的事情。

> I drink coffee in the morning. （早上我都會喝咖啡）
> ↓
> I drank coffee in the morning. （早上我**喝過**咖啡了）

> She cooks for me every day. （她每天為我做飯）
> ↓
> She cooked for me yesterday. （她昨天為我做飯）
>
> 不管主詞如何，動詞的過去式不做任何變化

▶ 「增添微妙差異」現在完成式

have studied （已經學了） / have done （已經完成） 等
使用「**have + 過去分詞**」的句型稱為「**現在完成式**」。
使用現在完成式，可以表達一般過去式無法表達的微妙差
別。

現在完成式主要有二個意思，第一個是「**已完成必須做的**」
要事或工作等。

> I've written my report. （我寫好我的論文了）
> He's cleaned the desk. （他清理好桌子了）
>
> · 這兩句用一般的過去式也是正確的。
> · 常與 clean / finish / write / read / send 等家事或要事相關的
>   動詞一起使用。

第二個是「**因為過去做過這樣的事，現在是這樣**」的微妙差別。

在想把過去發生過的事情與現在的談話內容連結在一起時使用。

I've drunk a lot of cofee. （我喝了很多咖啡）

↑ 咖啡的影響依然存在，給人一種「我不需要更多的咖啡因」或「我不渴」的印象。

She has studied English in Canada.
（她曾在加拿大學過英語）

↑ 她現在還在活用之前學到的英語，有一種「透過在加拿大的經歷，才這麼會說英語」的感覺。

▶ 另外一個「曾經做過～」的意思

現在完成式還可以用在「**曾經做過～**」的意思上。

I've been to Europe. （我去過歐洲）

I've made guacamole once. （我做過一次酪梨醬）

在表示「曾經做過～」的情況下，多與有「至今」含意的 ever，或能表達次數的用詞（once, two times 等）一起使用。

現在完成式是把焦點放在「**有沒有做過**」上。「和誰去」、「何時做的」等**交代細節時要用過去式**。

I went to Europe last year. （我去年去歐洲）

I made quacamole with a lot of spices.
（我用了很多香料製作酪梨醬）

▶ 過去式和過去分詞的變化方式

多數動詞只要在字尾加 -ed，就能變化成過去式和過去分詞。

動詞	過去式	過去分詞
play	play**ed**	play**ed**
cook	cook**ed**	cook**ed**
study	stud**ied**	stud**ied**
use	use**d**	use**d**

- 加 -ed 的動詞，過去式和過去分詞都是一樣的變化方式。
- 動詞字尾是「子音 + y」時，去 y + ied。
- 動詞字尾是「e」時，只需加 d。

有些動詞並不是加 ed，而是以其他形式變化成過去式和過去分詞。（稱為「不規則動詞）

動詞	過去式	過去分詞
have	had	had
take	took	taken
eat	ate	eaten
do	did	done
be	was / were	been

· 有些不規則動詞的過去式和過去分詞相同，也有些有著不同形式的過去式和過去分詞。
· be 動詞的過去式根據主詞不同使用 was 或 were。

動詞三態在某種程度上還是有變化的規則趨勢，只能靠自己牢記。
由於數量龐大難以一次記住，在解題練習的過程中慢慢記起來就好。

2-5 否定句和問句 （過去）

▶ 過去式的「否定」和「疑問」

造過去式否定句時，**動詞前面要加 didn't**。

I drank coffee in the morning.
　　　↓
I didn't drink coffee in the morning.
（早上我沒喝咖啡）
didn't 後面要用原形動詞。

造過去式問句時，**句首加 Did**。

You drank coffee in the morning.
　　　↓
Did you drink coffee in the morning?
（早上你喝咖啡了嗎？）
這裡也是用原形動詞。

▶ 現在完成式的「否定」和「疑問」

造現在完成式（曾做過～、已經做完）的否定句時，**要在 have 後面加否定詞（not 或 never 等）**。

只要加 never（一次都沒做過～），就會變成「**至今未曾做過**」，加上 not 就變成「**還沒做**」的意思。

I've done my job.

↓

I haven't done my job yet. （我尚未完成我的工作）

可以在句尾加上 yet 表達「尚未」的意思。

I've lived in Tokyo.

↓

I've never lived in Tokyo. （我沒住過東京）

加 never 表達「從未做過」的意思。

造問句時，**只把 have 移到句首**。

You have done the job.

↓

Have you done the job yet? （你已經完成工作了嗎？）

加 yet 讓人更容易了解「已經」的意思。

You have lived in Tokyo.

↓

Have you ever lived in Tokyo? （你曾住過東京嗎？）

加 ever 讓人更容易了解「至今未曾有過」的意思。

2-6 時態的基礎（現在 2）

這次我們要學習上次學過的**現在完成式使用在「現在時態」的方法**。

▶ 用現在完成式表達現在「過去持續～到現在」

現在完成式可以用在「從過去一直做～到現在」「過去持續～到現在」。

I've told you many times. （我已經告訴過你很多次了）

He has wanted the watch for a long time.
（他想要這隻手錶想很久了）
根據上下文關係判斷句意是「現在仍然想要」還是「曾經想要」。

基本上只有 want / know / like 等不能使用「V + ing」的「狀態動詞」。

▶ 比比看

讓我們把這種現在完成式的用法和意思相似的句型做比較。

She works late every day. （她每天都工作到很晚）

現在式給人平常就一直在加班的感覺。

She worked late yesterday.

（她昨天晚上工作到很晚）

過去式讓我們知道她只加班一次。

She's worked late every day for 2 years.

（這兩年來她每天都工作到很晚）

如果用完成式，讓人感覺她已經加班一段時間了。

▶ 其他的動詞用現在完成進行式

如果想用狀態動詞以外的動詞表達「從過去一直做～到現在」「一直持續做～」時，要用「現在完成進行式（have been + V-ing」。

Mom has been walking. （媽媽最近一直在走路）

I've been living in Tokyo for 2 years.
（我住在東京已經兩年了）

一旦使用表達期間 for 2 years（兩年期間）之類的詞，就代表「在該期間持續做〜」的意思。如果什麼都不加，則表示「最近在做〜」。

▶ 表示期間的 for 和 since

如果使用完成式，就會有種想告訴對方「從兩年前開始持續著」、「已經做了三個小時」等「持續期間」的意思。
這時候要用 for（〜一段期間）和 since（從〜以來）。

We've been working for 5 hours.
（我們已經工作五個小時了）

I've known her since I was 5.
（從我五歲開始就認識她了）

由於 for 和 since 表示「持續期間」，不太會使用在其他句型。

△ He watched it for 2 hours.
只表示一次的「過去式」和 for 2 hours 感覺有衝突。
（實際的意思是「他看了兩個小時的電影」）

◎ He's been watching it for 2 hours.
表示持續的「現在完成進行式」和 for 2 hours 最貼切。

▶ 可用於完成式和進行式的動詞

雖然稍早我寫「只有狀態動詞能用於現在完成式」，
還是有幾個例外的動詞。

例如 stay / live / study / work / wait 等「在某種程
度上持續動作的動詞」，現在完成式或現在完成進行
式**都能用**。

【兩者都能用】

I've been living in Tokyo for 2 years.

I've lived in Tokyo for 2 years.

（我住在東京已經兩年了）

I've been working as an engineer for 10 years.

I've worked as an engineer for 10 years.

（我當工程師已經十年了）

這兩句還是略有微妙差異。have been + V-ing 專注在那段期間
裡「做的內容」，have + V-ed 則是專注在「做的時間長度」。

2-7 | be 動詞和時態

讓我們用 be 動詞句練習如何正確區分「時態」。

▶ be 動詞的未來式「成為～」

be 動詞的未來式是「**主詞成為～**」的意思，用 will be 或 is going to be。

（is 隨主詞不同而變化）

It is rainy today.
↓
It will be rainy today. （今天會下雨）

She is a beautiful lady.
↓
She is going to be a beautiful lady.
（她將會成為一名美麗的女人）

▶ be 動詞的過去式「曾經是～」

be 動詞的過去式是「**主詞曾經是～**」的意思。
（因上下文關係，也可用於「變成～」的意思。）

> She is kind.
>   ↓
> She was kind. （她**以前**很溫柔）
>
> The students are tired.
>   ↓
> The students were tired. （學生們很疲憊）

be 動詞的過去式有 was 和 were。
配合主詞，遵循下列規則區分使用。

主詞	be 動詞過去式
現在式用 am 和 is 的字 （I / he / she / the boy 等）	was
現在式用 are 的字 （you / we / they / the boys 等）	were

▶ 現在完成式「暫時～」

「be 動詞的現在完成式 （have been）」表示「**暫時～**」、
「**最近～**」的意思。

（或者也可當作「直到最近～」的意思。請依據上下文關係判斷。）

She has been here. （她在這裡**好一陣子**了。）

The students have been tired. （學生們**最近**很累）

2-8　be 動詞和時態（否定和疑問）

讓我們用各種時態練習造 be 動詞的否定句和問句吧。
分成**有助動詞**（will 或 can 等）和**沒有助動詞**兩大類。

沒有助動詞	is going to be　（將成為～） was / were　（曾經是～）
有助動詞	will be　（將成為～） have been　（暫時～）

這次把「現在完成式」的 have 也視為助動詞。

▶ 如何造否定句

造有助動詞的否定句時，**要在助動詞後面加 not**。
如果沒有助動詞，**not 要加在 be 動詞後面**。

【有助動詞】

I have been busy.

↓

I have not been busy.（我**一直不**是很忙）

【沒有助動詞】

I'm gonna be busy.

↓

I'm not gonna be busy. （我**不會**很忙）

「going to」請務必省略成「gonna」。加 not 時唸成「not gonna be」，句子會變得相當富有節奏感。

 如何造問句

造有**助動詞的問句**時，**要把助動詞移到句首**。

如果沒有助動詞，**要把 be 動詞移到句首**。

【有助動詞】

You have been busy.

↓

Have you been busy? （你**這陣子**忙嗎？）

【沒有助動詞】

Youre gonna be busy.

↓

Are you gonna be busy? （你忙嗎？）

2-9　get 取代 be 動詞

▶ get 取代 be 動詞

get（變成～）取代 be 動詞，可表達**主詞如何變化**。無論什麼時態都能使用。

用 get 表示「變化」

【過去】
He was interested. （他過去很感興趣）
　　　↓

He got interested. （他產生興趣）

↑ was 有「曾經是～」「變成～」兩種意思。由於平常多被解釋為「曾經是～」的意思，如果用 get，就能將意思限定為「變成～」。

【現在】
She is angry. （她很生氣）
　　　↓

She gets angry often. （她很常生氣）

↑ 常與 often（時常）或 easily（簡單地、輕易地）搭配使用。

【未來】
It will be cold soon. （天氣很快會變冷）

　　　↓

It will get cold soon. （天氣很快就會變冷）

↑ 使用於「未來」時，用 be 動詞和 get 的微妙差異並不大。

▶ 「漸漸變得～」be getting

如果現在進行式「be getting」，就能表達「**變得～**」這種**現在正在發生變化的狀態**。

It's getting dark. （天快黑了）

It's getting interesting. （越來越有趣了）

▶ 2-1 時態的基礎（現在和平常）

☐　我走路去辦公室。

☐　他每個週末都會（為我）做飯。

☐　我平時穿休閒服上班。

☐　她今天穿著正式的服裝。

☐　她正在和她的朋友旅行。

☐　我在為週末做準備。

☐　他總是（為我）付錢。

☐　他經常遺失錢包。

☐　他忘記了重要的事情。

☐　其他人正在使用它。

I walk to my office.
- 由於是「平常就在走路」，用現在式。
  I go to my workplace on foot. 也可以

He cooks（for me）on weekends.
- every weekend 或 on the weekend 也可以

I usually wear casual clothes at work.
- at work（在工作）→ in my office 也可以
  因為「平常就這樣穿」，所以用現在式。

She is wearing formal clothes today.

She is traveling with her friend.
- 朋友是複數 → with her friends 也可以
  She is on a trip.

I'm preparing for the weekend.

He always pays（for me）.

He often loses his wallet.
- loses（遺失）→ leaves（遺忘）也可以

He is forgetting about something important.
- an important thing 也可以

Someone else is using it.
- someone else（其他人）→ another person 也可以

▶ **2-2　時態的基礎（未來）**

☐　我要搬去福島。

☐　你的包裹會在明天抵達。

☐　今天會下雨。

☐　至少需要兩天。

☐　我們將在這裡停留至少一個小時。

☐　他會找到一份不錯的工作。

☐　我們今天要開一個大型會議。（100%）

☐　八月我要和老闆一起出差。（100%）

☐　然後，我會點那個披薩。

☐　好的，我去訂飯店。

I'm gonna move to Fukushima.
💬 I will move……或 I'm moving…… 也可以

Your package will arrive tomorrow.
💬 …is gonna arrive…也可以

It'll rain today.
💬 It's gonna rain…也可以
Maybe（可能）或 It seems（似乎）放句首也可以

It'll take at least 2 days.
💬 It's gonna…也可以
at least ~（至少~）或 more than ~（~以上）也可以

We'll stay here for at least 1 hour.
💬 We're gonna…也可以
stay → be 也可以
at least ~（至少~）或 more than ~（~以上）也可以

He'll get a nice job.
💬 get → find（尋找）也可以
He's gonna…也可以

We're having a big meeting today.

I'm going on a business trip with my boss in August.
💬 a business trip - 出差

Then, I'll order that pizza.
💬 order → have 也可以
「當場決定的事」用 will 比較自然。

Ok, I'll book the hotel.

▶ 2-3 否定句和問句（現在 · 平常 · 未來）

□　你吃得多嗎？

□　他喝很多嗎？

□　他（平常）戴眼鏡嗎？

□　你要去車站嗎？

□　你有在聽（我說話）嗎？

□　我爸爸不打掃他的房間。

□　不需要一個禮拜。

□　不會花到一百美元。

□　那位經理不浪費時間。

□　Mike 不會遵守規定。

Do you eat a lot?
● 問平常的事情，用 Do…?。
「今天你會吃很多嗎？」，可用 Will…?

Does he drink a lot?

Does hewear glasses?

Will you go to the station?
● Are you gonna…? 或現在進行式都沒問題
（用現在進行式，會有你正在行動，好比「我已經來到玄關了」的感覺）。

Are you listening （to me）?

My dad doesn't clean his room.

It won't take 1 week.
● 1 week → a week 也可以
「通常不需要花那麼多時間」可用 doesn't

It won't cost $100.
● It's not gonna cost... 也可以
「通常不需要花那麼多錢」可用 doesn't
「花錢」用 cost，「費時」用 take。

The manager doesn't waste time.

Mike won't follow the rule.
● Mike is not gonna follow…也可以
「遵守規定」可用 obey
Mike will break the rule.（打破規定）等

▶ **2-4　時態的基礎　（過去）**

☐　我（已經）準備好明天的簡報了。

☐　我已經預約好會議室了。

☐　上個禮拜我買了一張新椅子。

☐　昨天我在橫濱看到你。

☐　IG 人氣用戶推薦過這家店。

☐　他拍了這支影片。

☐　上個月加入了一位新的設計師。

☐　這個故事我已經聽過很多遍了。

☐　那個教授去過非洲幾次。

☐　他們已經抵達機場等待著。

I've（already） prepared for tomorrow's presentation.
🔵使用現在完成式表達「已經做好了」比較適當。（也能用一般的過去式表達）

I've （already） booked the meeting room.
🔵 the conference room （規模較大的會議室）也可以

I bought a new chair last week.
🔵因為是「上個禮拜」，不用現在完成式。

I saw you in Yokohama yesterday.
🔵因為是「昨天」，不用現在完成式。

The Instagrammer recommended this store.
🔵一般會使用過去式表達「曾經推薦過」，而不是用「平常就推薦的（現在式）」。

He took this video.
🔵可用現在完成式
但焦點會放在「已經拍完了」，而不是「誰做的」。

A new designer joined last month.
🔵 joined → was assigned here 也可以

I've heard that story many times.
🔵可用一般過去式
heard → listened to 也可以

That professor has been to Africa several times.
🔵「有去過」→ go 的過去分詞 been。

They've arrived at the airport and they're waiting.
🔵因為現在還在等，用 have arrived （現在完成式）最適當。

▶ 2-5　否定句和問句 （過去）

☐　你吃過土耳其菜嗎？

☐　你有沒有連續睡過 24 個小時？

☐　你找到那家店了嗎？

☐　我沒那樣做！

☐　她沒有參加會議。

☐　我已經一個禮拜沒見到他了。

☐　我已經一個月沒進辦公室了。

☐　我沒去過非洲。

☐　你已經邀請她了嗎？

☐　我從沒見過他那樣。

Have you ever eaten Turkish food?
● eaten → tried（嘗試過嗎？）也可以
可去掉 ever

Have you ever slept for 24 hours straight?
● straight（連續地）→ in a row 也可以
可去掉 ever

Did you find the store?
● Have you found the store?（你已經找到那家店了嗎？）也可以

I did't do that!
●若用現在完成式，意思會變成「我還沒做」。

She did't join the meeting.
● She wasn't join the meeting. 也可以

Ihavent' seen him for a week.
●現在完成式也可用來表達「有一陣子沒有做～」。

I haven't been to the office for a month.

I've never been to Africa

Have you invited her（yet）?
● Did you invite her? 也可以

I've never seen him like that.

▶ 2-6 時態的基礎（現在 2）

☐ 我們從五點開始一直在喝酒。

☐ 我爸爸從早上開始一直在打掃。

☐ 他教很多學生。

☐ 她教過很多學生。

☐ 他製作了很多電視節目。

☐ 已經下雨一個禮拜了。

☐ 我在等待下一個機會。

☐ （最近）我在學西班牙文。

☐ 他們已經檢查我們的行李兩個小時。

☐ 我的公司一直都在朝聘有經驗的人。

We've been drinking since 5.
💬「一直在喝」，用現在完成進行式。

My dad has been cleaning since this morning.

He teaches many students.
💬「平常就教了很多學生」，用現在式。

She has taught many students.
💬意思是「從以前到現在教了很多學生」，所以用現在完成式。
has taught → has been teaching 也可以

He has made many TV programs.
💬 made → created 或 directed 也可以
has been making 也可以

It has been raining for a week.

I'm waiting for the next chance.
💬 chance → opportunity 也可以
若只是單純說「正在等待」，用現在進行式也沒問題。若是要說「一直等待著」，就要用現在完成進行式。

I've been studying Spanish （recently）.
💬若要強調「最近」，可用 recently 或 these days

They have been checking our baggage for 2 hours.
💬 It has taken 2 hours to check our baggage. 等也可以

My company has been hiring experienced people.
💬 experienced - 有經驗的
has been hiring → keeps hiring 也可以

英語造句
練習

▶ 2-7　be 動詞和時態

☐　昨天我很想睡覺。

☐　在舞台前我很緊張。

☐　（最近）我一直覺得很累。

☐　她從今天早上就一直很有壓力。

☐　他對這間公司將會變得很重要。

☐　我在醫院住了十天。

☐　我病了一個禮拜。

☐　五百美金對旅行已經足夠了。

☐　她的心理學課非常實用。

☐　我很失望，因為我的同事昨天在會議中很無禮。

I was sleepy yesterday.

I was nervous before the stage.
💬 was → got 也可以

I've been tired （recently）.

She has been stressed since this morning.

He'll be important for this company.
💬 is gonna be 也可以

I've been in a hospital for 10 days.

I've been sick for a week.

$500 will be enough for the trip.
💬 旅行是未來的事，用 will be。
will be → is gonna be 或 is 也可以（is 聽起來有相當自信的感覺）

Her psychology classes were very practical.
💬 practical（實用的）→ valuable（有價值的）也可以
因為想像是好幾堂課，用複數 classes

I'm disappointed because my co-worker was
rude in the meeting yesterday.

▶ 2-8　be 動詞和時態 （否定和疑問）

☐　你上個禮拜忙嗎？

☐　他很滿意嗎？

☐　你（最近）很累嗎？

☐　你（最近）好嗎？

☐　我一點自信都沒有。

☐　那間廁所很不乾淨。

☐　這個地方（最近）不安全。

☐　6 點還不會天黑。

☐　情況沒那麼糟。

☐　車站在八點會開始擁擠嗎？

Were you busy last week?

Was he satisfied?
● Did he look satisfied?（他看起來很滿足嗎？）也可以

Have you been tired（recently）?

Have you been good（recently）?
● Have you been doing good?（你過得好嗎？）或 Have you been feeling good recently?（你最近感覺好嗎？）也可以

I wasn't confident at all.
● at all - 完全 （通常用在否定句）
I didn't have any confidence at all. 也可以

The restroom wasn't clean.
● 美國的公廁叫 restroom，英國的公廁叫 toilet。

This place hasn't been safe（recently）.
● It has not been safe here. 也可以

It won't be dark at 6.
● 現在式也可以：It doesn't get dark at 6.（微妙差異在「平常 6 點天還不會黑」）

It wasn't so bad.

Will the station be crowded at 8?
● Is the station gonna be…? 也可以

▶ 2-9 get 取代 be 動詞

☐　我很容易喝醉。

☐　我很容易緊張。

☐　她很容易迷路嗎？

☐　天氣很快就會變暖和。

☐　你的襯衫很快就會乾了。

☐　冬天在五點左右天黑。

☐　我的經理容易感到有壓力。

☐　她（平常）不會生病。

☐　人越來越多了。

☐　風越來越大了。

I get drunk easily.
🗨 I can't drink much.（我喝不了太多）也可以

I get nervous easily.

Does she get lost easily?
🗨 easily → often 也可以

It'll get warm soon.
🗨 will → is gonna 也可以
get → be 或 become 也可以

Your shirt will get dry soon.
🗨 get → be 也可以
soon（很快地、不久）→ quickly（迅速地）也可以

It gets dark around 5 in winter.
🗨 因為是平常的事，使用現在式。
「五點左右」可用 at about 5。

My manager gets stressed easily.
🗨 ...often gets stressed. 也可以

She doesn't get sick.

It's getting crowded.

It's getting windy.

第**3**天 ▶

助動詞和疑問詞

把各種詞彙加到動詞上，提升表達能力吧。

副詞的用法

▶ 使用副詞

「副詞」可加強或削弱句子的語氣，是**能補充各種微妙差異的用詞統稱**。

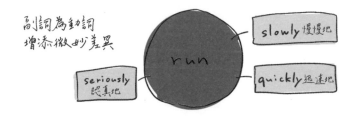

副詞為動詞增添微妙差異

seriously 認真地
run
slowly 慢慢地
quickly 迅速地

> She runs quickly. （她跑得**很快**）
> He runs slowly. （他跑得**很慢**）
> My teacher runs awkwardly. （我的老師跑得很**笨拙**）
> 以 -ly 結尾的單字幾乎都是副詞，也有很多不同形式的副詞。

形容詞用於描述「名詞」，**副詞是用於描述「名詞以外」的統稱**。
因此會有例如描述時間的 later（之後）、描述地點的 abroad（在國外）等各種副詞。

形容詞	描述名詞
副詞	描述名詞以外 （動詞・形容詞・整個句子）

▶ 副詞的位置和種類

副詞通常可放在句子當中的不同位置，而依據副詞種類的不同，有其擺放位置的慣用法。

「**告知時間的副詞**」，通常放在句首或句尾。

I'll see you later. （**待會見**）
Recently, my boss was fired.
（**最近**我的主管被開除了）
副詞放在句首時，後面要加「, 」。

「**表達做某事的頻率的副詞**」，通常放在動詞前面。

She always smiles at me. （她**總是**對我微笑）

I sometimes travel by myself. （我**有時**獨自一人旅行）

「為動詞增添微妙差異的副詞」，通常放在動詞前面或句尾。

> The lady touched me softly. （那位小姐**輕輕地**碰到我）
>
> Mom mostly got it. （媽媽**幾乎**明白了）
>
> Dad has already done it. （爸爸**已經**做好了）
> 即使有助動詞（will 或 have），副詞也要改在主要動詞的前面。

副詞也能為形容詞增添微妙差異。
「為形容詞增添微妙差異的副詞」，要放在形容詞前面。

> My boss is so stressed. （我的主管壓力**很**大）
>
> Your answer is definitely right. （你的答案**絕對**正確）

3-2 好用的動詞 have 和 take

▶ 使用好用的動詞

have / take / make / get **都是用途廣泛的動詞。**

用途廣泛的 have

have a break
休息

have a beer
喝杯啤酒

have a seat
坐下

have 這個動詞就能表達出這麼多意思，因此當你想說些什麼時，可以先想想是否能夠使用這幾個動詞，或許就能幫助你迅速說出來。

▶ have 和 take

主要意思分別為 have（擁有）/ take（拿）。

> **I have my own house.** （我擁有自己的家）
>
> **Can you take the phone call?** （你能幫我接電話嗎？）
> 想說 Can you give me that pen?「可以幫我拿那邊的東西嗎？」時，用「give」。

have 和 take 不但能用在肉眼可見的東西上，也可用在「**有機會**」、「**有關係**」、「**抽出時間**」等「拿取」肉眼看不見的東西上。

We had dinner together. （我們有一起吃晚餐）

We have a good relationship. （我們**有**很好的關係）

Let's take a rest. （我們休息一下吧）

▶ have 和 take 兩者都能使用的情況

就坐	have a seat take a seat
休息	have a rest take a rest

在兩者都能使用的情況下，have 的微妙差異在給人較為輕鬆的感覺。

「就像 take a seat （就坐）的輕鬆說法是 have a seat （坐下）。」

▶ 「有～」have 和 there is

「有問題」、「有廁所嗎？」等**想說「有～」的時候，可用 have**。

I have a question. （我有問題）

Do you have a restroom? （你有廁所嗎？）

there is~ 同樣也能表達「有～」的意思。（根據主詞不同，is 會改成 are）

There is a problem. （有一個問題）

Is there a restroom? （有廁所嗎？）

意思都是「有～」，與 have 相比，there is「**與主詞之間有距離感**」。

I have a question.
表示「我有一個想問的問題」。

There is a question.
微妙差異在「收到一個問題」。（說話的人自己本身沒有發問）

好用的動詞 make 和 get

▶ make 和 get

主要意思分別是 make（做）/ get（獲得）。

make money

> He made a table. （他製做了一張桌子）
>
> She got a new job. （她得到一份新的工作）

「做～」表達「創造利潤」、「做出決定」等「**創造不存在 的事物**」，英語有時候也是用 make 來表達。

> make a profit （賺取利潤）
>
> make a decision （做決定）

▶ 加上形容詞

這些表達方式基本上是以「make + 名詞」的形式呈 現。

這種方便的用法就在能夠**輕鬆地加上形容詞**。

He will make a decision. （他會做出決定）

↓

He will make a big decision.

（他會做出重大的決定）

He will make an important decision.

（他會做出很重要的決定）

如果用動詞「decide（決定）」，反而很難造出這些句子。

What 和 How 的問句

▶ 使用疑問詞

這次我們將練習以各種時態的「疑問詞（what 或 how 等）」造問句。

有疑問詞的問句，**要在原本的問句句首加上疑問詞。**

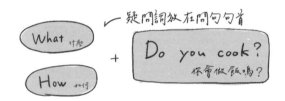

Do you play football? （你玩足球嗎？）
↓
When do you play football? （你**什麼時候**玩足球？）

Will he watch the movie? （他要看電影嗎？）
↓
Where will he watch the movie?
（他會在**哪裡**看電影？）

根據想詢問的內容，**受詞（動詞後面的詞）有時會消失不見**。
這是因為想詢問的事情被疑問詞代替的關係。

Do you like football?（你喜歡足球嗎？）
↓
What do you like?（你喜歡**什麼**？）

Will you go to the museum?（你會去美術館嗎？）
↓
Where will you go?（你要去**哪裡**？）

▶ 在疑問詞後面加上詞彙

在疑問詞**後面加上詞彙**，可以把提問內容變得更詳細。

What do you like?（你喜歡什麼？）
↓
What movie do you like?（你喜歡什麼**電影**？）

How often do you watch movies?
（你**多久**看一次電影？）

What kiind of food do you like?
（你喜歡**什麼樣的食物**？）

其他的 WH 問句
(Where/When/Who/Why)

▶ 使用各種疑問詞

讓我們練習使用 What 和 How 以外的疑問詞吧。

who
誰

when
什麼時候

where
哪裡

透過替換疑問詞,就能造出各種不同含意的問句。

What did you watch? （你看了**什麼**?）
↓
When did you watch the movie?
（你**什麼時候**看電影了?）

Who did you watch the movie with?
（你和**誰**看了電影?）

▶ 介係詞的用法

在原本的句子當中有介係詞的情況下,要保留介係詞。

Did you pay with **cash?** （你是用現金支付的嗎？）

↓ 因為有 with，要保留

What did you pay with? （你是用什麼支付的？）

What did you pay for? （你付了什麼錢？）

改變介係詞，也會跟著改變問題的內容。

把疑問詞當主詞的表達方式

▶ 疑問詞當主詞

「誰是～？」、「什麼是～？」這類問句，是用**疑問詞取代一般句子的主詞**造出來的。

不知道主詞時的問句
Who is talking with her?

He likes coffee. （他喜歡咖啡）
　　↓
Who likes coffee? （誰喜歡咖啡？）

This salt makes a difference. （這種鹽讓美味大不同）
　　↓
What makes a difference? （什麼帶來不同？）

They will play together.（他們會一起玩）
↓
Who will play together?（誰會一起玩？）

對人用 who，對事物用 what。

3-7 助動詞 1（can 和 should）

▶ can 和 should

這次我們要練習 can 和 should 的使用方法。

can 和 should 都是屬於「助動詞」的成員。助動詞要放在
動詞前面使用，接續在助動詞後面的動詞**一定為原形動詞**。

> I can drive. （我會開車）
>
> She should cook by herself. （她應該要自己做飯）
>
> can 的意思是「會～」，should 的意思是「應該做～」。

▶ 助動詞的否定句

想造助動詞否定句時，**要在助動詞後面加 not**。

Mom can not drive. （媽媽不會開車）

She should not cook. （她不應該做飯的）

為了讓句子更有節奏感，兩者分別可省略成「can not = can't」和
「should not = shouldn't」。

▶ 助動詞的問句

要造助動詞問句時，**要把助動詞抽出來放在句首**。其他不
變。

Can you drive? （你會開車嗎？）

Should I help her? （我應該幫她嗎？）

3-8   助動詞 2（have to / want to）

▶ have to / need to

have to 和 need to 是「必須做～」的意思。
與之前學過的 can 和 should 一樣，要放在動詞前使用。

> She has to wake up early. （她必須早起）
>
> We needed to finish the job by 12.
> （我們必須在 12 點前完成工作）
> ・have to 和 need to 的意思幾乎相同。
> ・過去式（had to）的意思是「不得不做～」，現在式的意思是「接下來必須做～」。
>   will have to 是「今後不得不做～」的預測。

▶ want to「想做～」

在動詞前放 want to，就能表達「想做～」。

I want to **wake up early tomorrow.** （我明天想早起）

She wanted to **finish the job early.**
（她想早點完成工作）

為了讓句子更有節奏感，可省略成「want to = wanna」。

▶ 否定句和問句

have to / need to / want to 雖然用法類似，**與 can 有別
的是，它們不是助動詞的成員。**
因此在造否定句和問句時，**要加 do 或 don't。**

Mom doesn't **have to cook today.**
（媽媽今天不必做飯）

Did **you wanna wake up early?** （你想早起嗎？）

3-9 助動詞(may / should / must)

▶ 用助動詞表達預測

should 和 must 等**助動詞有兩種意思**。
例如 should 有「必須做～」和「**應該～**」的意思。

> That should be true. （那**應該**是真的）
>
> He should be a great player.
> （他**應該**是一位很棒的選手）

讓我們也來比較一下其他助動詞。
could「可能發生」的力道最弱。must 表達確信「一定是～」。

【確信】		
弱	could	有可能
↑	may / might	或許
↓	should	應該
強	must be	一定

- may 和 might 的用法幾乎不變。
- must 常以「助動詞 + be 動詞」的形式使用。
- should 的主詞 you 的話，意思會變成「你應該做～」。

透過替換這些助動詞，就能控制確信的程度。

That could be true. （那**可能**是真的）

He must be a great player. （他**一定**是很棒的選手）

▶ can 的用法

助動詞中只有 can 的用法有些許不同。
雖然上述助動詞是表達**自己的預測**，can 的微妙差異在傳達
一般可能性的「**也有可能～**」。

Anyone can make mistakes. （誰**都有可能**犯錯）
↑ 使用 can 給人客觀的感覺

He could make a mistake. （我覺得他**可能會**犯錯）
↑ 使用 could 會變成是自己的預測

▶ 預測和時態

我整理了使用助動詞表達「預測」時的時態。

這次介紹的 can 和 must 以外的助動詞（could / may / might / should），可使用於「**現在正在發生**」和「**接下來有可能會發生**」的事情上。
（依據上下文關係來判斷是在說什麼時候的事情。）

> **They** should **win the match.**
> （他們**應該**會贏得這場比賽）
> ↑ 預測未來
>
> **Susan** might **know about him.**
> （蘇珊**可能**知道關於他的事）
> ↑ 預測現在

will 也能用在預測未來。

> **Susan** will **know about this.** （蘇珊**會**知道這件事）
> ・will 的確信強度僅次於 must。
> ・would 表達的預測，有不同含意。（稱作假設語氣，將於第六天章節介紹）

我在這裡介紹了 can「傳達一般的可能性」。can 並非用在單一預測，它表示「經常有可能會發生」。

【預測與時態整理】

未來 （將會做～）	現在 （正在做～）	經常 （有可能會發生）
will could may might should	could may might should must	can

▶ 3-1 副詞的用法

☐ 顯然這間店就快開幕了。

☐ 實際上他一直很努力工作。

☐ 這間店突然關門了。

☐ 你等一下會帶它過來嗎？

☐ 說清楚！

☐ 他很快就訂好了

☐ 店員尷尬地笑了。

☐ 我的同事仔細地整理好文件。

☐ 我的同事還是在欺騙我。

☐ 你還是很認真地相信聖誕老人（的存在）嗎？

Apparently, the store will open soon.
- apparently- 顯然地、似乎
  It seems that~（同樣的意思，也可以用）

Actually, he has been working hard.
- actually- 實際上
  In fact~（聽起來比較生硬），也可以用 has been V-ing 來表示「最近」。

The store closed suddenly.
- suddenly- 突然地 （suddenly 在會話中放句尾比較自然）

Will you bring it later?
- Can you…? 也可以

Say it clearly!
- Speak clearly! 也可以

He ordered quickly.

The clerk smiled awkwardly.
- awkwardly - 尷尬地、笨拙地
  店員：the staff member 也可以

My colleague carefully organized the documents.
- organized → arranged 也可以
  carefully 可放在句尾
  organize- 整理
  彙整內容：summarize 或 put together。

My co-worker still lies to me.
- still - 依然
  …tells me lies. 也可以

Do you still believe in Santa seriously?
- seriously（認真地）→ without a doubt（毫無疑問）也可以。「我相信你說的話」用 believe，「相信某事物、宗教、神明存在」用 believe in。

▶ **3-2 方便的動詞 have 和 take**

☐ 你吃過午餐了嗎？

☐ 他態度不好。

☐ 我和他的關係良好。

☐ 我經常和她閒話家常（閒聊）。

☐ 我常和他進行商務對話。

☐ 我們坐下吧。

☐ 你有任何想法嗎？

☐ 你有零錢嗎？

☐ 你洗澡了嗎？

☐ 我爸爸（最近）一直在吃藥。

Did you have lunch?
● have → eat 也可以
Have you had lunch? 用餐都可用 have。

He has a bad attitude.
● He behaves badly.（他行為舉止很差勁）也可以

I have a good relationship with him.
● I get along with him. 也可以

I often have casual conversations with her.
● I talk with her casually. 也可以

I often have business conversations with him.
● business conversations（商務對話）→ business talks 或
conversations about business 也可以
We often talk about business.

Let's have a seat.
● Let's take a seat. 或 Let's sit. 也可以

Do you have any ideas?
● any ideas → an idea 也可以
Are there any ideas? 也可以

Do you have change?

Did you take a bath?
● take a bath → have a bath 也可以
Have you taken a bath?（你已經洗好澡了嗎？）也可以

My dad has been taking medicine（recently）.
● drink 給人「咕嚕咕嚕喝」的印象，服藥使用 take（攝取）。

▶ 3-3　好用的動詞 make 和 get

☐　　我要賺很多錢。

☐　　Mike 經常找藉口。

☐　　媽媽時常犯錯。

☐　　會長明天會做出決定。

☐　　他（對你）留下印象了嗎？

☐　　我明天要做一個重要的簡報。

☐　　你剪頭髮了嗎？

☐　　你找到工作了嗎？

☐　　她得到重要的升遷。

☐　　我拿到很大的折扣。

I'll make a lot of money.
- I'll earn a lot. 也可以

Mike often makes excuses.
- make an excuse- 找藉口
- 因為找了很多次藉口，所以用複數。

Mom often makes mistakes.
- 「犯錯」：mess up 或 screw up （都是非正式用語）也可以

The president is making a decision tomorrow.
- will 或 is gonna 也可以
- 決定：decide 或 come to aconclusion 也可以

Did he make an impression （on you）？
- Did he impress you? 也可以

I'm gonna make an important presentation tomorrow.
- make a presentation- 做簡報
- give a presentation 意思一樣也可以。

Did you get a haircut?
- Did you cut your hair? 也可以

Did you get a job?
- get → find 也可以

She got an important promotion.

I got a big discount.
- They gave me a big discount. 也可以

▶ **3-4 What 和 How 的問句**

☐　你要什麼？

☐　這家店幾點開門？

☐　你是怎麼得到這份工作的？

☐　你會得到什麼樣的工作？

☐　他推薦了什麼？

☐　她建議了什麼？

☐　你在做什麼？

☐　最近你過得怎麼樣？

☐　你將如何解決？

☐　你認識她多久了？

What do you want?

What time will the store open?
● 「平常幾點開門？」用現在簡單式 does。

How did you get the job?

What kind of job will you get?
● kind of~- ～種類

What did he recommend?
● 因為已經推薦了，所以用過去式。
What is his recommendation? 也可以

What did she suggest?
● 因為已經建議了，所以用過去式。
What is her suggestion? 也可以

What are you doing?

What have you been doing?
● What have you been up to? 也可以

How will you solve it?
● solve it → figure it out 或 work it out 也可以

How long have you known her?

▶ 3-5　其他的 WH 問句（Where/When/Who/Why）

☐　你要搬到哪裡？

☐　你會邀請誰？

☐　為什麼你的經理責備你？

☐　他推薦哪裡？

☐　我應該要轉哪個方向？

☐　你跟誰說話？

☐　你跟誰一起工作？

☐　為什麼客戶在道歉？

☐　他為什麼最近（工作）休息？

☐　你為什麼不原諒我？

Where are you gonna move?
- will 也可以
  Where are you gonna move to? 也可以

Who will you invite?
- Who are you gonna invite? 也可以

Why did your manager blame you?

Where did he recommend?
- 因為已經建議了，所以用過去式。
  Where is his recommendation? 也可以

Which direction should I turn?
- direction → way 也可以

Who did you talk to?
- talk with。也可以
  「和～說話」用 talk to 或 talk with，問句時也會保留 to 或 with。

Who are you working with?
- 也可用 Who do you work with?

Why is the client apologizing?
- Why did the client apologize? 也可以

Why has he been off （work）?
- off：「離開、工作休息」。 off → taking days off 也可以

Why won't you forgive me?
- 若用 don't 時「Why don't you （為什麼你不？）」，是邀請句，須留意。

▶ 3-6　把疑問詞當主詞的表達方式

☐　誰買了這個？

☐　誰要先洗澡？

☐　誰在浪費電？

☐　誰訂了二十個位子？

☐　誰說的？

☐　誰為我們準備的？

☐　什麼需要花三個小時？

☐　誰邀請你的？

☐　這是什麼樣的公司做的？

☐　誰留下了好印象？

Who bought this?

Who will take a bath first?
● have a bath 也可以
will → is gonna 也可以

Who is wasting electricity?
● Who is using too much electricity?（誰過度使用電？）也可以

Who booked 20 seats?
● Who has booked 20 seats? 也可以

Who said that?

Who prepared for us?
● Who has prepared for us? 也可以

What is taking 3 hours?

Who invited you?
● Who has invited you? 也可以

What kind of company made this?

Who made a good impression?
● Who impressed you? 或
Who left a good impression? 也可以

▶ 3-7 助動詞 1（can 和 should）

☐　我沒辦法等你等到明天。

☐　你可以把窗戶關起來嗎？

☐　你能慢慢呼吸嗎？

☐　我應該穿正式服裝嗎？

☐　我還不能訂購。

☐　你不應該推薦那家店。

☐　你不應該這麼愛抱怨。

☐　我要怎樣才能成為一個作家？

☐　我要怎樣才能管理好團隊？

☐　我們幾點出發？

I can't wait for you until tomorrow.
💬 until （直到～） 也可以

Can you close the window?

Can you breathe slowly?

Should I wear formal clothes?
💬 wear（穿）→ put on（穿上）也可以

I can't order yet.
💬 so soon（這麼快）也可以

You shouldn't recommend that store.

You shouldn't complain so much.
💬 so often 或 too much 也可以

How can I be a writer?
💬 be → become 也可以

How can I manage the team well?

What time can we leave?

▶ 3-8　助動詞 2（have to / want to）

☐　我必須在十點離開。

☐　我週末也必須開店。

☐　今天我想早點睡。

☐　你在點餐前必須先坐下。

☐　你不必帶行李箱。

☐　我需要再解釋一遍嗎？

☐　我現在就必須決定嗎？

☐　你想說什麼嗎？

☐　為什麼我必須選一個？

☐　你想幾點到那裡？

I have to leave at 10.
- have to → need to 也可以
  by 10 （到十點以前） 也可以

I have to open my store on weekends too.
- have to → need to 也可以
  on weekends → on the weekend 也可以

I wanna sleep early today.
- go to bed （上床睡覺） 也可以

You have to take a seat before you order.
- have to → need to 也可以
  take a seat → have a seat 也可以
  …before ordering. 也可以

You don't have to bring a suitcase.
- have to → need to 也可以
  You don't have to come with a suitcase. 也可以

Do I have to explain it again?
- have to → need too 也可以

Do I have to decide（it）now?
- have to → need too 也可以
  decide → make a decision 也可以

Do you wanna say something?

Why do I have to choose one?
- have to → need to 也可以
  choose → pick 也可以

What time do you wanna arrive there?
- arrive → get 也可以

▶ 3-9　助動詞（may / should / must）

☐　她一定很忙。

☐　他應該也很興奮。

☐　那個傳言應該是真的。

☐　他可能會在旅途中想念你。

☐　她可能不會原諒我。

☐　我的經理可能會生氣。

☐　我爸爸今天可能會請一天假。

☐　她可能是我們公司的合適人選。

☐　一定有正確的方法（來做這個）。

☐　媽媽現在應該在回家的路上。

She must be busy.
💬 must → should 也可以

He should be excited too.
💬 should → must 也可以

That rumor might be true.
💬 might → may 或 could 也可以

He may miss you during the trip.
💬 may → might 也可以

She might not forgive me.
💬 might → may 也可以

My manager may get angry.
💬 may → might 或 will 也可以

My dad should be taking a day off today.
💬 taking a day off（請假）→ off（休息） 也可以

She should be the right person for our company.
💬 the right person（合適人選）→ a good person 或 a good fit 也可以

There must be a right way（to do this）.
💬 there is ～（有～）加 must。
must → should 也可以

Mom should be on her way home now.
💬 on someone's way~ - 去～的路上
Mom should be coming back.（在回家的路上）也可以

第**4**天 ▶

動詞的處理方法
（應用篇）

接下來我們要深入研究動詞、動名詞、不定詞、使役動詞等用法。

4-1 動詞名詞化的方法（動名詞和不定詞 to）

▶ 動詞名詞化的方法

動詞「V-ing」**可被視為名詞**，意思也會從「做～」變成「做～事情」。（稱為動名詞。）

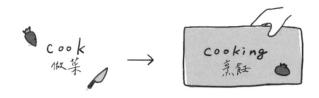

cook（做菜）	→	cooking（烹飪）
run（跑）	→	running（跑步）
walk（走）	→	walking（走路）

由於動名詞視為名詞，就像其他名詞（an apple 和 a cake 等）一樣可以**放在動詞後面**。

I like cooking.（我喜歡烹飪）
He doesn't like running.（他不喜歡跑步）
She stopped walking.（她停下腳步）

▶ 使用 to 的方法

to 放在動詞前，也可視為名詞。**原則是接續在 to 後面的動詞必為原形動詞。**（「to + 動詞」稱為「不定詞」。）

I like to cook. （我喜歡做菜）

He doesn't like to run. （他不喜歡跑步）
與 V-ing 的句意相同。

【慣用表現】
start to do （開始做～）
decide to do （決定做～）
try to do （試著做～）
stop doing （停止做～）
keep doing （持續做～）
suggest doing （建議做～）

▶ 「當成名詞」的意思

「動名詞」和「不定詞」可以像其他名詞一樣**當作句子的主詞**。

Watching movies **gives me many ideas.**
（看電影給我很多靈感）

Running **everyday is essential for me.**
（每天跑步對我而言是不可或缺的）

▶ 動名詞和 to 不定詞 的差異

動名詞和 to 不定詞仍存在些許差異。

動名詞表示「**正在做的事**」。
另一方面，to 不定詞表示「**接下來要做的事**」

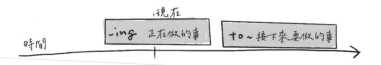

兩者的用法區分，只要把動詞放在前面就會很清楚。
比如用 stop（停止）：

stop drinking （停止喝酒）
stop thinking （停止思考）
這裡用 V-ing，是因為想說「要停止現在正在喝酒這個動作」的
關係。

我們也來看一下 to 不定詞。
用 decide（決定）：

> decide to quit my job（我決定辭職）
> decide to tell the truth（決定說實話）
> 這裡用 to，是因為辭掉工作和說實話是「接下來要做的事」的關係。

也有例外。
like / hate / begin / start 和動名詞或 to 不定詞的用法相同。

此外，也有造句時**優先其他句型**而不是動名詞和 to 不定詞的差異。

> She'll be busy working.（她將忙碌於工作）
> 雖然是未來的事情，優先「busy + V-ing」的句型。

4-2 用 to 不定詞表達「目的」

▶ 用不定詞 to 表達理由

to 不定詞（to + 動詞）也有「**為了做～**」的含意。

> to drink coffee （為了喝咖啡）
>
> to write （為了書寫）

把它接到其他句子上，就能表示做這件事的原因或理由。

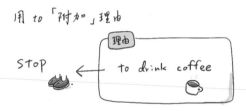

> I stopped at the store to have coffee.
> （我在商店停下來**喝咖啡**）
>
> I'm gonna stay up late to finish my job.
> （我要熬夜**完成我的工作**）

▶ 用不定詞 to 表達「事物的作用」

名詞後面加上 to 不定詞，就能解釋「**事物的用途**」。

> a cup to drink coffee （用來喝咖啡的杯子）
>
> something to write （寫東西）
> 與 something（某個東西）/ anything（任何事物）/ somewhere（某個地方）等字搭配使用會很方便。

▶ 名詞要用介係詞 for

由於 to 只能用在動詞，如果要接「為了你」、「為了工作」**等名詞，就要用 for**。

for you （為了你）

for my job （為了我的工作）

for getting a new job（為了得到新工作）
for 後面也可接動名詞。這時與 to get a new job 的意思幾乎沒有分別。

4-3 使役動詞一 (make / let / get)

▶ 使役動詞「讓～」

英語中有幾個表示**「讓某人做～」**的動詞。

這類動詞統稱「使役動詞」

> make（強迫）強迫做～
>
> let（允許）讓～
>
> get（使～勞役）叫～去做～ / 讓～幫忙做～
>
> help 幫忙做～
> have 也是使役動詞，由於使用情況有限，在此省略。

使役動詞與**「對誰」**、**「讓對象做什麼」**一起搭配使用。
排列順序為**「使役動詞 + 人 + 做什麼」**。

make + me + work late
讓做～　對誰　做什麼

	使役	人	動詞
She	made	him	study.

（她**讓**他念書）

	使役	人	動詞
He	let	her	come in.

（他**讓**她進來）

	使役	人
She	got	Mike to sleep.

（她**讓** Mike **睡覺**）

Your idea helped me finish the job early.

（你的主意幫我**早點結束工作**）

- 使役形後面的動詞無關時態，都用原形動詞。
- 只有 get 後面的動詞要用「to + 不定詞（to + 動詞）」。
- help 後面也能接「to + 不定詞」，實際上經常使用的是原形動詞。

4-4 　使役動詞二 (want/ask…)

▶ 類使役動詞「讓～」

上次介紹的 get，還有其他類使役動詞。

如同 **get+ 人 +to** 動詞的句型一樣，這類動詞也能以相同的排序造句。

He always asks me
to drive him to the station.

用法	意思
get 人 to ～	**讓**某人做～
want 人 to ～	**想要**某人做～
ask 人 to ～	**請求**某人做～
tell 人 to ～	**叫某**人做～

使用例句如下。

Mom told me to sleep. （媽媽叫我去睡覺）

150

She wants Mike to be honest. （她**希望** Mike 誠實）

make 和 let 的用法與「使役動詞」相似，由於這些類使役動詞後面接續 to，所以沒有文法名稱。

現在分詞和過去分詞

我們要來學習改變動詞形態當作形容詞的用法。

▶ 現在分詞「正在做～的人」

動詞 V-ing 是「**正在做～**」的意思，可用來**解釋名詞**。
（動詞加 ing，稱為「現在分詞」）

I held the sleeping baby.（我抱了**睡著的嬰兒**）

The working machine is a new type.
（**這台運作中的機器**是新型的）

現在分詞可修飾人，也可修飾事物。

由於現在分詞被視為形容詞，基本上要放在名詞前面。形容詞修飾部位超過兩個字以上時，放在名詞後面。

（這是為了不讓形容詞和名詞分開。）

I held the baby sleeping **on the sofa.**
（我抱了睡在**沙發上的嬰兒**）

The machine making **a loud noise** is any old type.
（這台**發出噪音的機器**是老舊型的）

▶ 過去分詞「被～的人」

動詞的「過去分詞」也能當作形容詞使用，意思是「**被～的**」，用法和其他形容詞一樣要放在名詞前後。

I like grilled vegetables.（我喜歡烤蔬菜）

I found a wallet left **on the table.**
（我發現一個錢包留在桌上）

這裡的用法和現在分詞相同，只有一個名詞時，過去分詞放在名詞前面，超過兩個以上要放在名詞後面。

▶ 也可使用關係代名詞

上述相同事物，也可使用關係代名詞來表達。

The machine　　　making a loud noise is an old type.
‖
The machine that is making a loud noise is an old type.

兩句意思相同，不用關係代名詞的句子比較短。在可以使用現在分詞或過去分詞的情況下，比較常用現在分詞或過去分詞。

4-6 使用 in / out 的片語動詞

▶ 關於片語動詞

「**動詞 + 介係詞**」組成一個含義的詞稱為「片語動詞 （英語稱為 Phrasal verb）」。

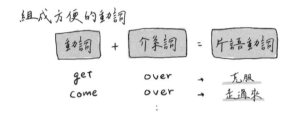

組成方便的動詞

動詞 + 介係詞 = 片語動詞

get　　over　→　克服
come　over　→　走過來
:

【片語動詞例子】
look for （尋找）
come in （進入家裡…等）
hand in （提交）
hand over （交出）

幾乎所有片語動詞都有可取代的同義字。

look for（尋找）→ search（尋找）
come in（進入）→ enter（進入）

片語動詞常給人隨性的印象，替**換成一個字的單字**往往會**給人生硬的感覺**。

▶ 用詞的使用區分

和家人或同事等關係親近的人說話時會用片語動詞，演講或書面文字經常會用生硬的語言來營造一種正式又知性的形象。

舉例來說，enter （**進入**）是使用於進入公司主管的辦公室，或是在進入典禮會場時用的詞。

如果要說 「May I enter?」 （**我可以進來嗎？**），有一種正式的印象。

如果對朋友說這種話，就會有格格不入的感覺。對關係親近的人，**會用意思相同、但語氣柔和的片語動詞**「May I come in?」。

▶ 使用 in 的片語動詞

學習片語動詞時，要留意 for 和 in 等**介係詞的微妙差異**。

例如，多數使用 in 的動詞片語，都有「放進去（進入）」等共通的微妙差異。

如果你在感受這些共通點的同時練習片語動詞，就會很快上手。

【in- 進入】
go in 進入（房間等）

come in 進入（房間等）

get in 進入（職場等）、乘車

pull in 停下（把車子停在路邊）

↑pull 常用在跟駕駛有關的事

bring in 讓（人）參加、導入（制度）

cut in 插（話）

put in （把東西）收起來

hand in 提交（書面資料）

take in 收（衣服等）

▶ 使用 out 的片語動詞

一個介係詞通常都有兩、三個含義。

使用 out 的片語動詞，有「拿到外面去（到外面去）」、「公開、曝光」、「發出聲音」的意思。

【out- 拿到外面去・到外面去】

go out 到外面去、約會

get out 到外面去、下車

eat out 出去吃飯

ask out 約會

hang out （和朋友）玩、出去玩、晃在外面

pull out 開車出去（到馬路上）

take out 取出（東西）、帶（人）出去

cut out 剪下

stay out（of~）遠離～

keep out（of~）遠離～

watch out 小心、注意

look out 小心、注意

spread out 擴散、散播東西（疾病、謠言等抽象事物不加 out）

【out- 公開、曝光】

come out 出來、公開（電影等）、公開資訊

turn out （結果）揭曉、一打開蓋了就變成～

find out 發現、找出

figure out 想起來、弄清楚
work out 解決（問題）、鍛鍊身體
help out 協助、救出（無論問題嚴重與否都可使用）

【out - 發出聲音】
read out 唸出來、朗讀
call out 大聲呼叫

out 的另外一個意思「**消失（不見）**」也可以構成片語動詞。

【out - 消失】
run out（of~） 用完～
sell out 賣完（常用 sold out 的形式）
put out 撲滅、把～拿到外面
burn out 燃燒殆盡、過勞症狀

▶ 使用 into 的片語動詞

有時也會用 into 表達「進去裡面」的動作。
與 in 相比，into 的微妙差異在「**深入**」。

【into- 深入】

go into　進入（家裡…等）

be into　熱衷於…（興趣等）

look into　調查、窺視

throw A into B　把 A 扔到 B 裡

into 還有「**變成、進入某種狀態**」的意思。

【into- 改變】

turn into　變成～

turn A into B　把 A 變成 B

make A into B　把 A 改造成 B

break into　分成～、闖入

也有一些例外，與介係詞含意完全無關的片語動詞。這些只能邊學邊記住。

使用 on / off 片語動詞

▶ 使用 on 的片語動詞

on 給人的第一個印象是「**附著**」。

緊貼附著或騎乘某物時,使用 on 的片語動詞。

【on- 附著】
get on 搭乘(交通工具)
put on 穿(衣服)
put~on... 放～在…上

【on- 依靠、依賴】
depend on (主詞)取決於～、依靠
count on 依靠、指望
rely on 依靠

這些片語的微妙差別在,count on 是「在困境中依靠」,depend on 和 rely on 是「無論什麼情況都依靠」。

on 的另外一個意思是「**繼續前進**」。

可以**想像一下事物乘坐在輸送帶上的樣子**。在傳送帶上的東西,有沒有轟隆轟隆不斷前進的感覺呢?

on 有繼續前進的印象 — off 有休息的印象

【on- 進行】
go on 繼續
move on 繼續往前、克服（艱辛）
turn on 開啟電源

【on- 集中】
work on 從事～
focus on 集中～
sleep on 沉思～整晚

▶ 使用 off 的片語動詞

off 是 on 的反義詞。
off 最主要的意思是「**下（車）、離開**」。

【off- 下（車）、離開】
get off 下車（交通工具）
cut off 切斷
come off （門等物品）脫落、剝離

take off 脫掉（衣服）、飛機起飛

pull off 停車、做得徹底

off 還有「正在休息」的意思。

可以想像成電源關閉的樣子。這是電源關閉正處於待命的狀態。

【off- 休息】
be off （公司）休息、（電源開關）關閉

turn off 關掉（電源開關）

put off 延期（計畫）

call off 取消（計畫）

check off 打勾核對（檢查）

↑ 想像刪除「記載於日曆或記事本上（on 的狀態）」的樣子。

▶ 關於片語動詞和受詞的位置

使用片語動詞時，**會在動詞和介係詞之間放受詞。**

turn on the TV （開電視）
　↓
turn the TV on （開電視）

兩者皆可使用。由於 turn the TV on 讓句子更有節奏感,有些母語人士偏好這個用法。

許多片語動詞都能像這樣把受詞夾在中間。
夾帶代名詞時（it,me,you 等）,一定要夾在片語動詞中間。

pick you up （去接你）

take me away （帶我離開）

也有一些**受詞絕對要放在後面的片語動詞**。

look for my phone（尋找我的手機）

get over it（克服它）

上述列舉了 look for 「尋找～」和 get over 「克服～」兩個例子,尋找或克服這些都是不能拆開用的片語動詞。
無法省略受詞的片語動詞,受詞和代名詞都必須放在介係詞的後面。

4-8 使用 up / down 的片語動詞

▶ 使用 up 的片語動詞

如字面上的意思一樣，up 表示「**往上**」的意思，也包括所有技術、年齡等所有「**往上的方向**」。

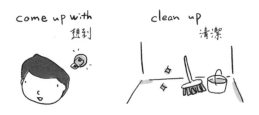

come up with 想到

clean up 清潔

> 【up- 往上】
> go up　往上、增加（上樓、數字增加等）
> stand up　站起來
> look up　往上看、在網路上查詢
> grow up　成長、長大
> keep up（with~）　趕上、跟上
> turn up　調高（音量）
> throw up　嘔吐
>
> pick up　撿起來、（開車）去接人

put up （留人在家）過夜、設置（圖畫、架子）

put up with 忍受〜、忍耐

come up 出現（問題）、討論（議題）、來臨

come up with 提出、想出（點子）

make up 編造、和解

【up- 往上】

show up 露面、出現

pull up 把車開過來停

「朝自己的方向過來的動作」也用 up。

up 也可以用來表示「讓〜結束」的意思，比如放棄（give up）一樣。

【up- 終止系】

give up 放棄、戒（酒等）

drink up 喝很多、喝完

eat up 吃很多、吃完

use up 用完

clean up 打掃乾淨

end up 成為〜結果（也有 end up +V-ing「最後變成〜結果」
的用法）

break up （和情人）分手

up 還有「醒著」、「處於可用狀態」的意思。

【up- 可使用】
set up 設置、準備（電腦）
be up 醒著、（電腦等）啟動中
wake up 醒來
get up 起床
stay up 熬夜

▶ 使用 down 的片語動詞

down 是 up 的反義字，是「往下走」的意思，也包括各種「下」的含意。

【down- 往下】
go down 往下、減少
look down （往下看）
put down （把拿著的東西）放下
sit down 坐下
turn down 調低（音量）

drop down 降下（留級）

shut down 關掉（電腦的）電源

burn down 燒毀

break down （機械）故障、事情進行得不順利、崩潰瓦解

【down- 情緒低落】

be down 沮喪

calm down 冷靜、安靜

settle down 冷靜、（結婚後）開始安定生活

英語造句
練習

▶ **4-1 動詞名詞化的方法（動名詞和不定詞 to）**

☐ 你喜歡烹飪嗎？

☐ 你喜歡喝酒嗎？

☐ 你不檢查你女朋友的手機了嗎？

☐ 爸爸不穿那件很醜的襯衫了嗎？

☐ 爸爸戒菸了。

☐ Mike 開始尋找新女友了。

☐ 我的公司開始研究客戶模式。

☐ 賈伯斯試圖向他的投資者道歉。

☐ 我忘記穿上外套了。

☐ 你什麼時候開始寫部落格的？

Do you like cooking?
💬 to cook 也可以

Do you like drinking?
💬 to drink 也可以

Did you stop checking your girlfriend's phone?

Did Dad stop wearing that ugly shirt?
💬 適合形容「俗氣」的俗語：lame 或 tacky 也可以

Dad quit smoking.
💬 quit（放棄、停止）的過去式也是 quit。
quit → stopped 或 gave up（放棄）。也可以

Mike started looking for a new girlfriend.
💬 to look for 也可以

My company started looking into the customer patterns.
💬 to look into 也可以
日常生活中最常用的「研究」，其他還有 research、investigate（調查）等動詞。

Jobs tried to apologize to his investors.
💬 因為還沒道歉，不能用 V-ing。
（tried apologizing 的意思是「試圖道歉了」）

I forgot to put on my coat.
💬 my coat → a coat 也可以
因為還沒穿上，不能用 V-ing。

When did you start writing your blog?
💬 不用 writing 意思也通。
When did you start your blog?（你是什麼時候開始你的部落格？）

▶ 4-2　用 to 不定詞表達目的

☐　你有吃的東西嗎？

☐　你有打掃的東西嗎？

☐　你知道有吃午餐的好地方嗎？

☐　讓我們順道在酒吧喝杯啤酒吧。

☐　餐廳服務生過來為我們點餐。

☐　我把鬧鐘設在五點以便趕上第一班火車。

☐　花了三小時抵達機場。

☐　回答問卷調查要花三十分鐘。

☐　今天我要健康檢查所以不吃東西。

☐　我將申請這份工作來獲得新體驗。

Do you have something to eat?
💬 Is there…? 也可以

Do you have something to clean（up）？
💬 Is there…? 也可以

Do you know a good place to have lunch?

Let's stop by the bar to have a beer.
💬 stop by → stop at 也可以
bar（酒吧）→ restaurant（餐廳）也可以。to → and 也可以

The waiter came to take our order.

I set my alarm for 5 to catch the first train.
💬 catch → take 或 get 也可以
at 5 是「在五點設好鬧鐘」的意思。

It took 3 hours to reach the airport.
💬 花費金錢或時間：take。
reach（抵達）→ get to 也可以

It will take 30 minutes to answer the survey.
💬 survey → questionnaire 也可以

I'm not gonna eat today for the health checkup.
💬 health checkup → medical checkup/health checkup 也可以

I'mgonna apply for this job for a new experience.
💬 for a new experience（為了新體驗）→ to get a new experience（為了獲得新體驗）也可以

▶ 4-3 使役動詞其一（make / let / get）

☐　我的父母讓我上大學。

☐　我的父母要我上大學。

☐　我讓我的同事拍照。

☐　我讓我女朋友做三明治。

☐　我爸爸讓我用他的相機。

☐　我的經理不讓我看那份文件。

☐　我朋友不讓我影印他的筆記本。

☐　他的建議幫我做了選擇。

☐　這本書幫助我與人和睦相處。

☐　我們無法讓他簽屬合約。

My parents let me go to college.
💬 college → university（大學）也可以
「上大學」和 go to school 的用法相同，college 不加冠詞。

My parents made me go to college.
💬 自己「想上大學」用 let，「雖然不想但是被迫上大學」用 make。
forced me to~（強迫我做～）

I got my colleague to take photos.
💬 got（讓人做某事）也可用 asked（拜託）

I got my girlfriend to make sandwiches.
💬 got（讓人做某事）也可用 asked（拜託）

My dad let me use his camera.

My manager won't let me see the documents.
💬 let me see → show me 也可以
won't（不讓我看一次）→ doesn't（總是不讓我看）

My friend won't let me copy his notebook.
💬 won't（不讓我做一次）→ doesn't（總是不讓我做）

His advice helped me choose.
💬 choose → select 或 pick 也可以
His advice made it easy to choose. 也可以

This book helped me get along with people.
💬 get along with（和～和睦相處）→ have a good relationship with
（和～擁有良好關係）也可以

We couldn't get him to sign the agreement.
💬 agreement（契約、契約書）→ contract 也可以

▶ 4-4　使役動詞其二（want / ask..）

- [ ] 我要她看著我。

- [ ] 我要 Mike 看清現實。

- [ ] 我的經理要我再做進一步的解釋。

- [ ] 我朋友告訴我要立刻做出決定。

- [ ] 我的老師一直告訴我要妥協。

- [ ] 你也想讓他做飯嗎？

- [ ] 你想要我做什麼？

- [ ] 誰要我那樣做？

- [ ] 我不希望你傷害自己的事業。

- [ ] 我不希望她反對。

I want her to look at me.

I want Mike to look at reality.
● look at → face（面對）也可以

My manager told me to explain further.
●一般會用 further（更深入）來解釋「詳細」。
　也可用 in（more）detail 代替 further。

My friend told me to decide right away.
● right away（立刻）→ quickly（快速地）也可以

My teacher has been telling me to compromise.
● compromise （妥協）

Do you want him to cook as well?
● as well （也…）→ ~too 也可以

What do you want me to do?

Who wants me to do that?
● Who would want me to do that?（誰會要我那樣做？）帶有「沒有人會
那樣說吧」的意思。

I don't want you to hurt your career.
● hurt → damage 也可以

I didn't want her to oppose it.

▶ 4-5　現在分詞和過去分詞

☐　你有洋蔥絲嗎？

☐　你有煙燻鮭魚嗎？

☐　我可以來點水煮蛋嗎？

☐　我只吃熟魚。

☐　我有一個朋友住在夏威夷。

☐　我有一個朋友在樂天工作。

☐　市政府保留被偷的腳踏車。

☐　我們把滾水倒進杯子裡。

☐　這是完成好的設計嗎？

☐　等待新 iPhone 的人們大排長龍。

Do you have sliced onion?
💬 Is there…? 也可以

Do you have smoked salmon?
💬 加 a 的意思是「一整條鮭魚」，所以不加。

Can I have boiled eggs?
💬 一顆水煮蛋：a boiled egg。也可以

I only eat cooked fish.
💬 cooked （煮熟的）
加 can 的意思就會變成「只能吃」。

I have a friend living in Hawaii.
💬 a friend who lives in…也可以

I have a friend working at Rakuten.
💬 a friend who works at…也可以
親密稱呼「熟人」時常用 friend。「見過面的人」用 acquaintance。

The city office keeps stolen bikes.
💬 政府機關有很多說法：the city office （市政府），the ward office （區公所），the government （政府）。

We pour boiling water into the cup.
💬 pour （倒） → add （添加） 也可以

Is this the finished design?
💬 finished （完成好的） → chosen （挑選出來的） 或 decided （決定好的）

People waiting for the new iPhone are making a long line.
💬 make a line （排隊） → form a line 也可以
There is a long line of people waiting for the new iPhone. 也可以

▶ 4-6 使用 in / out 的片語動詞

☐ 你有約她出去嗎？

☐ 對，我們已經約會兩個月了。

☐ 我不會妨礙（干涉）你的。

☐ 新哈利波特將於下個月上映。

☐ 票都賣完了。

☐ 我們的啤酒快沒了。

☐ 我應該在什麼期限之前提出報告？

☐ 祖克伯從未聘請過 CEO。

☐ 我兒子熱衷爬山。

☐ 我們來分成兩隊。

Di you ask her out?
- ask out - 邀請約會

Yes, we've been going out for 2 months.
- go out - 去約會、外出
  I've been seeing her⋯。也可以（see：約會）

I'll keep out of your way.
- keep out of~ - 不進入～、不踏入～→ stay out of 也可以

The new Harry Potter movie will come out next month.
- come out - 上市、發行
  也可用 be released

The tickets are sold out.
- sell out - 賣完

We are running out of beer.
- run out of- 用完～

When should I hand in the report by?
- hand in - 提出→ submit 也可以
  「～之前」：by。

Zuckerberg has never brought in a CEO.
- bring in（讓人）參加、導入（法律、制度）

My son is into mountain climbing.
- be into - 熱衷～→ is crazy about（為～瘋狂）
  mountain climbing → hinking 也可以

Let's break into 2 teams.
- break into~ - 分成～、闖入（銀行等）

▶ 4-7　使用 on / off 片語動詞

☐　我們可以繼續進行下去嗎？

☐　我們正在努力專注於一項環境專案。

☐　這取決於你的努力。

☐　她很信賴你。

☐　我要怎麼打開暖氣？

☐　她今天休息（休假）。

☐　我整晚都在想這個問題。

☐　那我們把會議延期吧。

☐　把你的鞋子脫掉。

☐　這扇窗戶很容易脫落。

Can we move on?
💬 move on - 繼續、換工作
we → I 也可以

We are working on a project for the environment.
💬 work on - 從事（努力專注於某件事）

It depends on your effort.
💬 depend on~ - 依賴～、取決於～

She counts on you.
💬 count on - 依賴
count on → rely on 也可以

How can I turn on the heater?
💬 turn on - 打開（電源開關）
How do you…? 也可以

She is off today.

I slept on the problem.
💬 sleep on - 沉思～整晚

Then, let's put off the meeting.
💬 put off - 延期→ push back 或 postpone 也可以

Take off your shoes.
💬 take off - 脫掉（衣服等）、起飛

This window comes off easily.
💬 come off - 掉落、脫落
This window often comes off.（經常脫落）也可以

▶ 4-8 使用 up / down 的片語動詞

☐ 我想到一個好主意！

☐ 我們把包包放在這裡吧。

☐ 我晚點（開車）接你。

☐ 你為什麼不查火車時間？

☐ 我試著熬夜到一點。

☐ 謝謝你讓我過夜。

☐ 所以最後我留在加拿大。

☐ 你什麼時候（和女友）分手的？

☐ 最後我和別的女生約會。

☐ 我的婚姻在十年後破裂了。

I came up with a great idea!
💬 come up with - 想出（主意）

Let's put down our bags here.
💬 put down - 放下

I'll pick you up later.
💬 pick up - 撿起來、（開車）去接人
（搭乘火車等交通工具去接人的時候用 meet you。）

Why don't you look up the train time?
💬 look up - 向上看、查詢（網路或書本）→ search 也可以
How about~V-ing?（試試～如何？）也可以

I tried to stay up until 1.
💬 stay up - 熬夜

Thank you for putting me up.
💬 put up -（讓人）過夜、建造（建築物等）
「讓我過夜」→ host me 或 let me stay。也可以

So, I ended up in Canada.
💬 end up - 最終

When did you break up?
💬 break up - 情侶分手

I ended up seeing another girl.
💬 end up - 最終
seeing → going out with 也可以

My marriage broke down after 10 years.
💬 break down -（機械）故障、（事情）不順利→ fall apart（崩潰）也可以

第5天 ▶

名詞的處理方法
（應用篇）

讓我們進一步學習其實相當深奧的「名詞」。

冠詞的用法

加在名詞前面的 a 和 the 等詞稱為「冠詞」。

英語冠詞有三種表現方法。讓我們來學習這三種冠詞間的微妙差異。

▶ a 和 the 的用法

a 和 the 最常見的使用區分是在**對話中第一次提到時用 a，再次提起用 the**。

> I bought a book.
>
> The book is about philosophy.
> （我買了一本書。那是一本有關哲學的書。）

這個用法本身並沒有錯，但是實際上也有在對話一開始就用 the 的情況。

Mom rides a bicycle to the supermarket.
（媽媽騎腳踏車去超市）
像這樣 a 和 the 混合在一起的句子很常見。

這種差異到底從何而來呢？

具體來說，the 是在下列情況使用。

【用 the 的時候】
- 已經被討論的時候
- 在附近且聽者似乎知道是哪一個的時候
- 從一開始就知道只有一個的時候

對方馬上就知道指的是哪一個的時候用 the。

因此上述例句會說「the supermarket」，是因為「**附近有超市**，而且知道應該是哪一家超市」的關係。

我們來看看其他例句。the 是在這種情況下使用。

【從對話開始就使用 the 的例子】
How can I get to the station?
（我要怎麼去車站呢？）

因為有 the，表示「附近的車站」。
用 a station，就產生「任何車站都好，請告訴我如何去車站」的微妙差異。

We went to the cafe **in Yoyogi park.**
（我們去了代代木公園的咖啡店）
這是代代木公園只有一家咖啡店時可用的說法。如果公園內有好幾家咖啡店時就用 a cafe。

a 使用在不符合上述範例的時候。

【使用 a 的時候】
・ 從對話脈絡中無法確定說的是哪一個的時候
・ 有幾個選擇，但無法確定是哪一個的時候
a 感覺有好幾個一樣的東西，這是使用 a 的重點所在。

▶ 有關零冠詞

英語中的冠詞除了 a 和 the，還可以不加任何東西就能改成複數。（稱為「零冠詞」）
a book（一本書）/ some books （一些書）等只要加上冠詞就可決定（受限制的）數量，**不想決定或不知道數量時，就把冠詞刪掉改成複數。**

I like books. （我喜歡書）

Tourists in Japan usually go to Tokyo, Osaka, and Kyoto.
（日本的觀光客通常去東京、大阪和京都。）

一旦加上 the 改成複數，意思就會變成「**所有東西**」。
因此上述例句若改成「the tourists in Japan」，意
思就會變成「所有觀光客去東京、大阪和京都」。

5-2 可數名詞和不可數名詞

▶ 2 種名詞

英語中的名詞分成**可數名詞和不可數名詞**。

加上a就是「一整個蛋糕」
不加a就是「經過處理後的蛋糕」

a cake   cake

> 【不可數名詞的例子】
> milk / water/ coffee 等液體
> sand / sugar / salf 等體積極小的物體
> art / love / philosophy 等、想法
> watching / running 等動名詞
> information / advice / news / evidence /
> knowledge 等訊息的收集
> 「液體」、「體積微小的物體」和「想法」等邊界模糊的東西為不可數。
> 動名詞也被視為不可數名詞。
>
> 【可數名詞的例子】
> a cake / a fish / a boy

a day（一天）/ a thought（想法）/ a chance（機會）
就算是無形的東西，**只要邊界清楚就視為可數名詞。**

不可數名詞不加 a，**也不改成複數。**
（the 可用於可數和不可數）

雖然可不加冠詞，但是在想要表達數量時可用 some（一些）、a few（一些、幾個）、a lot of（很多的），或是表達單位的用語（a piece of 或 two cups of 等）。

【可數的情況】
Do you have a pen?（你有一支筆嗎？）

【不可數的情況】
Do you have water?（你有水嗎？）

Can I have a cup of water?（可以給我一杯水嗎？）

▶ 是可數也是不可數的名詞

有些名詞加上 a，就會改變意思。

沒有 a	有 a
melon （切好的哈密瓜、果肉）	a melon / melons （整顆哈密瓜）
philosophy （哲學）	a philosophy / philosophies （個人哲學、想法）
time （時間）	one time / times （次數）

加 a= 當作可數名詞，也可改成複數。

以 time 為例，**想表示「時間」的意思時不加冠詞，想當作「次數」時就要加冠詞。**

> I need more time. （我需要更多時間）
>
> I saw her 2 times. （我見過她兩次）

其實有很多名詞可以這樣使用。

首先我們需要知道的是**食物和材料**。
加 a 代表「**一整個物體**」，不加 a 被視為**不可數名詞**時，
代表「**被切割處理過的物體**」。

> a chicken / chickens →雞
> chicken →雞肉
>
> a stone / stones →石頭
> stone →石材

an egg / eggs →蛋
egg →打散的蛋、處理過的蛋
原本加 a 代表「一整個」的物體，去掉 a 後的**物體輪廓會消失**。

就如 design（設計理念）和 a design（一個設計作品），
加 a 表示「特定的東西」，不加 a 就代表「想法或某種東西」
的名詞。

a design / designs→ 某種構圖或設計
design →設計理念

a gas / gases→ 特定氣體（氧氣、二氧化碳等）
gas →液體、氣體等意義上的氣體

an experience / experiences→ 特定的經驗、事件
experience →（透過經驗）獲得的知識、技能

關係代名詞 (受格)

▶ 用句子描述名詞

that / who / which 這三個字是「關係代名詞」。
關係代名詞是**為了用句子解釋名詞的字**。關係代名詞放在名詞後面，**還能進一步連接句子說明該名詞**。

用句子解釋名詞的是關係代名詞

a boy ← who I know
（我認識的男孩）

名詞　　　　　＋ 說明句

the idea that **I have**
（我擁有的點子）

the man who **you met yesterday**
（昨天你見到的男人）

這種「名詞 + 說明句」可被視為一個名詞。因此**這種長度變長的名詞**可當作主詞或受詞使用。

He arranged the idea that I had.

（他安排了我的想法）

The man who you met yesterday is a famous executive.

（你昨天見到的男人是一位很有名的經營者）

兩個動詞出現在一個句子當中。只要留意名詞解釋到哪裡為止，就更容易掌握句意。

▶ 3 個關係代名詞的使用區分

關係代名詞要視放在前面的名詞（先行詞）使用。

who 代替人，which 代替事物，that 兩者皆可。

名詞　　　　　　　 + 說明句

The house that you will buy

（你會買的房子）

the man who you met yesterday

（你昨天遇到的男人）

實際上 that 比 which 更常用。

關係代名詞（主格）

▶ 主格的關係代名詞

這次我們將練習接續在關係代名詞**後面的動詞種類**。
（被稱為主格的關係代名詞）

The man who has the idea
（擁有點子的男人）

The video that surprised you
（讓你感到驚訝的影片）

它也能在一般的句子當中作為名詞使用。

The man who **had the idea** has left.
（擁有那個點子的男人離開了）

The video that **surprised you** became famous.
（讓你感到驚訝的影片成名了）

▶ 省略關係代名詞

前面我們練習了在關係代名詞後面**接續名詞**的種類。

（由於後面接續句子的關係代名詞起受詞的作用，因此稱為「受格」的關係代名詞。）

「受格」的關係代名詞**可以省略**。

The man who you met yesterday
↓
The man you met yesterday

只要省略關係代名詞，名詞就會出現兩次，因此馬上就能**知道它已被省略**。

另一方面，這次介紹的「主格」關係代名詞是不能省略的。

名詞的否定

▶ **否定名詞**

造否定句時，不是用 don't 或 won't 來否定動詞，**可以在名詞前放 no**。

英語中「不存在的人」也可以是主詞

No one is working.
（沒人在工作）

← No one

> I have no money. （我沒錢）
> 與 I don't have money 意思相同。
>
> No one could answer it. （沒人能回答）
> There were no rooms that I could use.
> （沒有我可以使用的房間）
> 如果加 no 的**名詞是可數名詞，通常會用複數表示**。nobody 或 nothing 因為是不可數名詞，所以不用複數。

如上述「no+ 名詞」**既能當主詞又能當受詞**，表示「**誰都不做～**」、「**什麼都沒有**」的意思。

就像 nobody / nothing 一樣，本身就含有否定意思的名詞。

【本身就含有否定意思的名詞】

nobody

= no one 誰都不做～（誰都不在）

nothing

= no thing 什麼都沒有

nowhere

= no place 哪裡都沒有

that 和 if 構成名詞

▶ that「是〜意思」

that 有好幾種用法，這次要用 that 來表示「是〜意思」的意思。

that 後面如果連接的是句子，**that 後面的句子就會被包含在「是〜意思」當中，被視為一個名詞**。「that+ 句子」所構成的名詞稱為「that 子句」。

> that she cooks well （她很會做菜）
>
> that I didn't know him （我不認識他）
> that 之後和一般的普通句一樣使用不同的時態。

包含在 that 中的句子可當作名詞放在句子當中。

I know → that she likes cake.
（她喜歡蛋糕）

> I didn't know that **she cooks well**.
> （我不知道她很會做菜）

I realized that **I didn't know him well.**

（我發現我並不是很了解他）

that 子句常與 know / think / hear 等「思考和聽聞的動詞」一起使用。**此時 that 可省略。**

▶ if 「是否～」

如果用 if 替代 that，就會**創造出「是否～」意思的名詞**。

（除了 if 以外，也可以用意思相同的 whether「是否～」。但是日常會話幾乎都用 if。）

if she cooks （她是否做菜）

if it is true or not （是不是真的）

使用 if 時，句子最後常加 or not。

if 使用在句中的情況如下。

I don't know if **she cooks or not.**

（我不知道她會不會做菜）

He asked me if **it is true.** （他問我是不是真的）

▶ 使用虛主詞 it

that 和 it 所構成的名詞，也可用來**當作句子的主詞**。

然而如果像下列例句一樣**在句子開頭有一長串字，會讓語感節奏變差**，英語不喜歡這種表達方式。

> 【不好的範例】
> If **he is saying the truth** is import.
> （他有沒有說實話很重要）

that 或 if 的名詞當作主詞時，**一般都會先把 it 放在前面，後面再放 that 子句或 if 子句**。

> It is important if he is saying the truth or not.
> （他有沒有說實話很重要）
>
> It is obvious that we can't reach our goal.
> （很明顯地，我們無法達到我們的目標）
> 把 it 放在前面馬上就知道動詞和形容詞，更容易表達出想說的內容。

5-7　時態的一致

▶ 有關時態的一致

「時態一致」是一個只在 think（**想**）、know（**知道**）等
動詞的過去式時使用的文法。
（具體來說是使用在 think / know / expect / believe / guess / find 等
的過去式。）

首先我們以 I know he is busy.（我知道他很忙）為例來看
一下。
I know 的後面句子使用不同的時態。

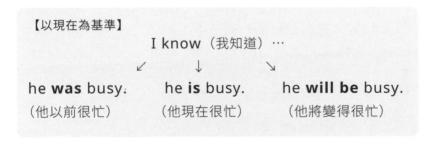

因此，知道的內容如果是「過去的事就用過去式」、「現在
的事就用現在式」、「未來的事就用 will」。
（到這裡或許大家認為是理所當然的）

**那麼如果是以 I knew 為開始的句子，後面會變成什麼樣子
呢？**

I knew ... she would be busy.

過去　　　近期未來　　更遠的未來

【以過去為基準】

I knew（我以前知道）…

↙　　　　↓　　　　↘

he had been busy.　he was busy.　he would be busy.

（他以前很忙）　　（他當時很忙）　　（他將會變得很忙）

這就是「**時態一致**」。

以 I knew（我以前知道）為基準，更早之前的事用 had been，同時間的事用 was，之後的事用 would be。

・had been 是表示比 was 更早以前的「過去完成式」時態。
・有時可用 was going to 和 could 代替 would

▶ 一般動詞的情況

be 動詞以外的一般動詞也是如此。
think 和 know 是過去式的時候，後面接續的句子也是視為過去。

【更早之前】

I thought he had gotten a new job.

（我以為他已經找到新的工作了）

【當時】

I thought he was finding a new job.

（我以為他當時在找新工作）

【之後】

I thought he would start his own job.

（我以為他會開始自己的工作）

5-8 | what 和 how 構成名詞

如同上次介紹的 that 和 if，有一些**在後面接續句子來構成名詞的方法**。

這次我們要練習使用 what 和 how 來構成名詞。

▶ 用 what 構成名詞

在 what 後面放句子，意味**「做～的事」**。

疑問詞　　句子

what　+ you do　（你做的事）

what　+ he said　（他說的事）

what　+ he is thinking　（他正在想的事）

基本上連接在後面的句子也會使用不同時態。**只不過有時在傳達未來的事情時也會用現在式**。特別是和 no matter 與 whatever 等「什麼都好」表達讓步的詞一起使用時會用現在式。

「what+ 句子」所構成的子句**被視為名詞，因此可放在句子當中。**

> I don't know what **he said**.（我不知道他說了什麼）
>
> What **you do** is not important.（你做的事情並不重要）
> 因為是名詞，既可作為主詞亦可作為受詞使用。

▶ 使用 how 的名詞

只要在 how 後面放句子，就會變成那樣意思的名詞「怎麼做～」。

> 疑問詞　　句子
> how　+ he spoke　（他是怎麼說的）
> how　+ you answer　（你會怎麼回答）
> 和 what 一樣，後面連接的句子時態也有區分。

▶ WH- 名詞子句，輕鬆表達

這次介紹以「what+ 句子」、「how+ 句子」構成的名詞稱為「**WH- 名詞子句**」。

在會話中想不出想表達的名詞時，多半用 WH 名詞子句代替。

與其使用艱澀的名詞，**很多時候用這些代替方法反而讓句子更自然和容易理解**，可多加使用看看。

【讓句子更簡單的例子】

「**不知道目的地**」

I don't know our destination.

↓

I don't know where we'll go.

「**想知道他們的決定**」

I want to know their decision.

↓

I want to know what they decided.

5-9 其他 WH- 名詞子句 (where/who/when/why)

讓我們練習用上次學到的 what / how 以外的疑問詞來構成名詞。

▶ where「～的地方」

只要在 where 後面連接句子，就會變成那樣意思的名詞「～的地方」。

where ～「～的地方」

I know →

where she bought it.
（她在哪裡買的）

I don't know where she was. （我不知道她在哪裡）

I don't know where he found it.

（我不知道他在哪裡發現它的）

- 注意 where 後面接的是「主詞→動詞」的「句子」。
- 基本上這裡也是會使用不同時態。（有時在表達未來的事情時也會用現在式。）

▶ when 「～的時候」

when 後面連接句子時，是「**～的時候**」或者「**什麼時候做～**」的名詞。

I don't know when he comes back.
（我不知道他什麼時候回來）

I don't know when I can reply.
（我不知道我什麼時候能回覆）

▶ who 「～的人」，why 「～的理由」

who 後面連接句子時，意思為「**～的人**」。

在 why 後面連接句子時，意思為「**～的理由**」。

I don't know who can do it. （我不知道誰辦得到）

I don't know who he was talking to.
（我不知道他當時在跟誰講話）

I don't know why my company is doing this.
（我不知道我的公司為什麼在做這個）
who 後面也能接動詞。

▶ 有關介係詞

在前頁例句當中的「who he was talking to」的句子最後使用了介係詞。這是因為原本的句子也有 to 的關係。

> he was talking to Mike （他和 Mike 說話）
> ↓
> who he was talking to （和他說話的人）
> ↑因為不知道他是跟誰說話，改成 who。其他部分維持不變。

只是把不清楚的部分改成疑問詞，其餘部分保留不變而已，因此就算有介係詞也要保留下來。

▶ 5-1　冠詞的用法

☐　我在一家小公司工作。

☐　我的工作是在協助小公司。

☐　我們增加了一些新功能。

☐　我們會持續製造優良產品。

☐　我想找一位好的設計師。

☐　最近我正在製作一份好看的電影的清單。

☐　我不擅長會議和報告。

☐　創業需要錢。

☐　那個帥哥又來了。

☐　那家店有些座位可用來閱讀書籍或雜誌。

I work at a small company.
- 「在～工作」可用 in / for / at。雖然各有微妙差異，都通用。

My job is helping small companies.
- helping → to help 也可以
  一般廣泛定義的「小公司」用複數。

We added some new features.
- 只有一個新功能：a new feature。

We'll keep making good products.
- 因為不想限制 good products 的數量，所以不加冠詞。

I want to find a good designer.
- 「只要找到一位就夠了」：a good designer。
  a few good designers（好幾位）
  good designers（不限制找的人數）

I've been making a list of good movies.
- 只有一份清單：a list。
  因為是不斷持續蒐集著電影，movies 不加冠詞。

I'm not good at meetings and reports.
- am good at （擅長～）→ don't like（不喜歡）也可以
  meetings 和 reports 因為沒有固定的數量，不加冠詞。

Starting a business costs money.
- money → a lot of 也可以
  創立一間公司用 a business。
  money 是不可數名詞，所以不加冠詞也不加複數 s。
  It costs money to start a business. 也可以

The handsome guy came again.
- 指的是「那個」男性，所以加 the。

The store has some seats for reading books or magazines.
- 因為不想限制書本數量，所以不加冠詞。
  The store has several seats where customers can read books and magazines.

▶ 5-2　可數名詞和不可數名詞

☐　我在大學學過設計。

☐　我喜歡你（到目前為止）的設計。

☐　Ben 很擅長市場行銷和廣告。

☐　我去過澳洲好幾次。

☐　這需要時間和精力。

☐　她有時會在下雨天感到壓力很大。

☐　我有教英文的經驗。

☐　我在這間公司有許多難忘的經驗。

☐　我可以來兩杯咖啡嗎？

☐　我可以要一張紙嗎？

I learned design at university.
● 「設計理念」，不加冠詞。

I like your designs.
● 因為指的是到目前為止的設計作品，用複數。

Ben is good at marketing and advertising.
● advertising- 宣傳廣告
marketing 和 advertising 都是不可數名詞。

I've been to Australia several times.
● one time / times 表示次數。

It takes time and effort.
● time 改成不可數就是「時間」的意思。

She sometimes gets stressed on rainy days.

I have experience with teaching English.
● 可不加 with
作為知識的「經驗」是不可數名詞。

I had many unforgettable experiences at this company.
● 作為已經發生過的事的「經驗」是可數名詞，用複數表示。

Can I have two cups of coffee?

Can I have a piece of paper?
● a paper 指的是「一疊紙 = 報紙」，「一張紙」的說法是 a piece of paper。

▶ 5-3　關係代名詞（受格）

☐　有你想去的地方嗎？

☐　你有宗教信仰嗎？

☐　（這裡）有沒有你讀過的書？

☐　有沒有你看過的電影？

☐　我忘記帶我今天早上做好的便當。

☐　爸爸穿著我在上個禮拜丟掉的襯衫。

☐　你上次給我看的是哪一部電影？

☐　你昨天的面試如何？

☐　我們正在開發新客戶要求的產品。

☐　媽媽會用她存下來的錢去國外旅行。

Is there any place（that）you wanna go to?

● go to → visit 也可以
　Do you have…? 也可以

Is there a religion（that）you believe in?

● Do you have…? 也可以
　「相信」你所說的話用 believe，「相信宗教或神明等某個存在」用 believe in。

Are there any books（that）you've read（here）？

● 「至今讀過的書」用 have read。
　因為我想像的答案是有兩本以上的書，所以用複數形式提問。

Are there any movies（that）you've seen?

● seen → watched 也可以

I forgot to bring my bento（that）I made this morning.

Dad is wearing the shirt（that）I threw away last week.

● throw away- 丟掉（threw 是 throw 的過去式）
　上週丟掉的襯衫如果只有 一件用 the shirt，如果還有其他件就用 a shirt。

What was the movie（that）you showed me last time?

● showed me（給我看）→ played（對大家播放）也可以

How was the interview（that）you had yesterday?

We are working on the product（that）the new client requested.

● requested → ordered 也可以

Mom will use the money（that）she's saved and travel abroad.

● She will travel abroad with her savings. 也可以

▶ 5-4　關係代名詞（受格）

☐　我們正在找可以每週工作五天的人。

☐　我在印尼沒有遇到會說英語的人。

☐　世界上有很多孩子每天都沒飯吃。

☐　我的工作是幫助在辦公室裡遇到問題的人。

☐　我不想跟滿口怨言的人一起工作。

☐　想像一下跟領導巴塞隆納足球俱樂部的人一起比賽。

☐　我們將砍掉一個成本太高的廣告。

☐　我們將解雇一個犯了很多錯的員工。

☐　他是我們團隊裡唯一精通市場行銷的人。

☐　第一個得到「金探子」的人獲勝。

We are looking for someone who can work 5 days a week.
💬 a week → per week 也可以

I didn't meet anyone in Indonesia who could speak English.
💬 meet → see 也可以

There are a lot of children in the world who can't have meals every day.
💬 …can't eat every day. （每天都沒辦法吃）也可以

My job is helping people who have problems in their office.
💬 problems → a problem 也可以
in their office → at work 也可以

I don't wanna work with someone who complains a lot.
💬 someone who complains a lot → someone complaining a lot 也可以

Imagine playing with someone who led FC Barcelona.
💬 imagine（想像～）後面接 playing（比賽）。
led 是 lead（領導）的過去式

We are gonna stop an ad that has cost a lot.
💬 ad=advertisement（廣告）

We are gonna fire an employee who has made a lot of mistakes.
💬 …has failed a lot of projects. （多次專案失敗的經驗）也可以

He is the only person who is familiar with marketing in our team.
💬 is familiar with（精通～）→ is good at（擅長～）或 has a deep understanding of（對～有深刻的理解）也可以

The first person who gets the "Snitch" wins.
💬 「金探子」源自哈利波特裡的競賽
解釋遊戲規則或實況轉播運動比賽時的時態要用現在式。

▶ 5-5　名詞的否定

☐　沒有人喝醉。

☐　沒有人迷路。

☐　沒有人抱怨。

☐　沒有人（給我）留下深刻的印象。

☐　沒有人達成這個月的目標。

☐　我今天無事可做。

☐　今天我們找不到好的解決方案。

☐　我不想花時間在這個上。

☐　這個城市沒有一家書店在 10 點前營業。

☐　沒有我能尋求意見的人。

No one got drunk.
- no one → nobody
- got → was

No one got lost.
- no one → nobody
- got → was

No one complained.
- no one → nobody

No one made a strong impression（on me）.
- No one impressed me.（微妙差異在「雖然留下不錯的印象，但是並未超出預期」）也可以

No one reached this month's goal.
- No one → nobody
- reach（達成）→ achieve。

I have nothing to do today.
- I have 換成 there is 的會變成「沒有可做的事」的意思。

We found no good solution today.
- We couldn't find any good solutions today. 也可以

I have no time for this.
- I have no time for this. 帶有一點不耐煩的感覺。
- I don't have time for this. 或者
- There's no time for this.（已經沒時間）也可以

There are no bookstores that open before 10 in this city.

There is no one （who） I can ask for advice.
- ask for - 尋求～

▶ 5-6　that 和 if 構成名詞

☐　我知道他很棒。

☐　我知道你正在全力以赴。

☐　我認為（那）不會有問題的。

☐　我感覺那個專案將會失敗。

☐　我不敢相信你已經結婚了。

☐　我意識到我太瘋狂了。

☐　我想知道是否有可能。

☐　我想知道我的同事是否通過考試了。

☐　問她下個禮拜能不能來。

☐　我會問問看我們能不能拿到折扣。

I know （that） he is great.

I know （that） you're doing your best.

I think（that）it's gonna be ok.
- gonna → will 也可以
  如果是要說「現在的事」沒問題，可用 I think it's ok.

I feel（that）the project is gonna fail.
- that → like（要說未來的事情時，feel like 比 feel that 更常用）
  fail（失敗）→ not go well（進行得不順利）

I can't believe（that）you got married.
- can't → couldn't（「過去不敢相信」）

I realized that I was insane.
- realized → found out 也可以
  insane（瘋狂的）→ crazy 也可以

I wanna know if it's possible.

I wanna know if my colleague passed the exam.

Ask her if she can come next week.

I'll ask if we can get a discount.

▶ **5-7　時態的一致**

□　我沒想到這件事會發生。

□　我沒預料到我會換工作。

□　我不知道你會來。

□　我以為他會拒絕我的報價。

□　我發現我犯了一個天大的錯誤。

□　我不知道她生病了。

□　我不知道他什麼時候會回來。

□　你知道這可能會發生，對吧？

□　我沒料到我會贏得這個獎項。

□　我不敢相信她會贏得這次選舉。

I didn't think this （that） would happen.

I didn't expect that I would change my job.
● expect 後面常省略 that。

I didn't know （that） you were gonna come.
● 可用 would，但如果是過去計畫好的事情，更常用 were going to。
come → join us 也可以

I thought （that） he would refuse my offer.
● would → was gonna 也可以

I found （that） I had made a huge mistake.
● found → realized 也可以
因為是在發現前所犯下的錯，用 had been（更久以前）。

I didn't know （that） she had been sick.
● 生病這件事是在我知道以前就一直持續著，用 had been（更久以前）。

I didn't know when he would come back.
● would → was gonna 也可以

You knew （that） this could happen, right?
● could → would 也可以
（would 代表你認為「感覺一定會發生」）

I didn't expect that I would win this award.
● would → could 也可以

I couldn't believe that she would win the election.

▶ 5-8　what 和 how 構成名詞

☐　這是我所期望的。

☐　這是我想說的。

☐　這是我們正在面臨的。

☐　這是我在發生不好的事情時會做的。

☐　我只是遵從他教我的。

☐　我簡直不敢相信我在那裡看到的。

☐　這不是我需要的。

☐　我不知道我的女友要我做什麼。

☐　這是 K mart 擴張的方法。

☐　他告訴我他是如何經營他的公司的。

That's what I expect.

💬 …what I quess 也可以
雖然也可說 That's my expectation，但感覺比較生硬。
要在談話結束時說「這是預測」時，用 That's…。
要在談話開始時說「接下來我要說的是我個人的預測」時，用 This is…。

That's what I wanted to say.

This is what we're facing.

💬 face- 面臨

This is what I do when something bad happens.

I'm just following what he taught me.

💬 taught → told 也可以

I couldn't believe what I saw there.

That's not what I need.

💬 I don't need that. 也可以

I don't know what my girlfriend wants me to do.

💬 I don't know → I'm not sure 也可以

This is how K mart has expanded.

💬 expand- 擴張、擴大
has expanded → expanded 也可以

He told me how he's been running his company.

💬 「經營到目前為止」用 has been running。
run his company - 經營他的公司

▶ **5-9 其他 WH- 名詞子句（where / who/ when / why）**

☐　你知道她在哪裡嗎？

☐　你知道車站在哪裡嗎？

☐　你知道下一個假期是什麼時候嗎？

☐　你知道是誰造成這個問題？

☐　這是你住過的地方嗎？

☐　那是她工作的地方嗎？

☐　告訴我申請這個專案的人是誰。

☐　我想知道是誰拍了這張照片。

☐　我想知道為什麼我的毛衣縮水了。

☐　我不明白為什麼那是必要的。

Do you know where she is?
● Where is she? 也可以

Do you know where the station is?
● Where is the station? 也可以

Do you know when the next holiday is?
● is → will be 也可以
When is the next holiday? 也可以

Do you know who caused the problem?
● caused → created 也可以

Is this where you lived?

Is that where she works?
● …where she's working? 也可以

Tell me who applied for the project.

I wanna know who took the picture.

I wonder why my sweater shrank.
● shrink- 縮水（shrink-shrank-shrunk）
wonder（想知道～）→ want to know 也可以

I don't understand why it's necessary.
● why it's necessary → why we need it 或 why it's needed 也可以

第**6**天 ▶

比較級和各種表達方式

目標就快達成了！
讓我們學習方便有用的表達方式和句型。

6-1 比較 1（比較級）

▶ 形容詞的比較級

在比較「A 比 B 大」兩個以上的物體時，形容詞要改成比較級。

> A is bigger than B. （A 比 B 大）
>
> A is more valuable than B. （A 比 B 更有價值）
>
> than~ 是「比 ~」的意思。當你想說比較對象時可加上 than。（不加意思也通的話則可省略 than~）

有**兩種形成比較級**的方式。

big / close 等在**短音節的形容詞後面加 er**。

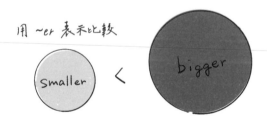

用 ~er 表示比較

Smaller < bigger

形容詞		比較級
small	→	smaller （比較小）
close	→	closer （比較近）
hot	→	hotter （比較熱）

以「1 個母音 +1 個字音」結尾的單字（big/ hot 等），要重複子音。

valuable / casual 等**長音節的形容詞不做變化，直接在前面加 more**。

形容詞		比較級
svaluable	→	more valuable （更有價值的）
casual	→	more casual （更隨意、更隨性的）

▶ 名詞也能做比較

形容詞的比較級也可**放在名詞前面**。

She has a bigger bag. （她有一個更大的包包）

That store has more options.
（那家店有更多的菜單選擇）

▶ 「遠比～」的強調方法

讓我們來學習使用了**比較級的強調**方法。
在形容詞前面加上 **much（更加）** 來表示「**極大的差距**」。

She has a much bigger bag. （她有一個非常大的包包）

His advice is much more valuable.
（他的建議更有價值）
口語英語中，way 比 much 更常用

6-2	比較 2（最高級）

▶ 表達「最～」的形容詞

想從幾個事物中表達「A 是最棒的」、「B 是最快的」等
「最～的」的時候，要將形容詞變化成 **最高級**。

最高級有 **兩種形成方式**。
big / blose 等在 **短音節的形容詞後面加 est**。

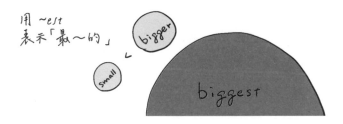

用 ~est
表示「最～的」

small
bigger
biggest

形容詞		最高級
small	→	the smallest（最小的）
close	→	the closest（最近的）
hot	→	the hottest（最熱的）

以「1 個母音 +1 個字音」結尾的單字（big/ hot 等），要重複子音。

valuable/ casual 等**長音節的形容詞不做變化**，直接在前
面加 most。

形容詞		最高級
valuable	→	the **most** valuable （最有價值的）
casual	→	the **most** casual （最隨意、最隨性的）

▶ 為什麼 the 是必要的？

the 是加在「該名詞只有一個」的冠詞。在英語中認
為「最～的事物是獨一無二的」，所以會在最高級加
the。

來看一下使用最高級的句子範例。

She is the **most** beautiful to me.
（她對我來說是最漂亮的）

The Sky Tree is the tallest building in Tokyo.
（晴空塔是東京最高的建築物）

・和比較級相同，最高級也可以放在名詞前面。
・用表示範圍的 in 表達「在～範圍內最～」。

▶ 副詞也有比較級和最高級

用來解釋動詞的**「副詞」**也能用比較級和最高級表達**「更～」**
和**「最～」**的意思。

He can run the fastest in his school.
（他在他的學校裡跑得**最快**）

She can do it more accurately. （她可以做得**更正確**）

副詞用在比較級和最高級時，規則變化與形容詞相同。
（短音節用 -er / the -est。長音節用 more / the most）

副詞		比較級		最高級
slowly	→	more slowly	→	the most slowly
		（較慢地）		（最慢地）
early	→	moreearly	→	the most early
		（較早地）		（最早地）

事實上，副詞幾乎不會用在最高級。

6-3　比較級 3（同級）

▶ 表達「差不多」的形容詞

就像「A 和 B 差不多大」一樣，要說兩個事物「**差不多一樣～**」的時候，就要在形容詞前面加上 just as。

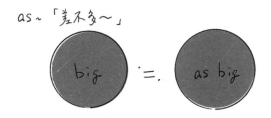

as~「差不多～」

big ＝ as big

> That is just as **big**.（那個差不多大）
>
> She has just as **much** money.（她有一樣多的錢）
>
> ・與比較級和最高級不同的是形容詞不做變化，只要在前面放 just as。
>
> ・也可放在名詞前面。

想表達比較對象「**和什麼相同**」時，會加上 as~「和～一樣」。此時 just 多半會被省略。

He is **as popular** as Michael.

（他跟 Mike 一樣很受歡迎）

She can do it **as quickly** as him.

（她可以做得跟他**一樣快**）

副詞用法相同。

▶ 名詞用 "the same"

想要表達名詞「相同事物」時，要用 the same。

I had the same idea. （我有一樣的想法）

I have the same size bag as him.

（我有跟他一樣大的包包）

想說「和～一樣」時要用加 as ～。

6-4 被動和 get

▶ 「被〜」被動語態

這次我們要學習「被動語態」。

被動語態又被稱為「被動式」，它的基本形態是「**be 動詞 + 過去分詞**」，意思是「**被〜**」和「**被〜的狀態**」，用來表達主詞正在承受某種行為的狀態。

被動語態用在不知道是誰做的時候

My cake was stolen.

The actor was caught by a crowd.
（那個演員被一群人**抓到了**）

The house will be built soon.
（那棟房子很快就會**被蓋起來**）

- 被動語態的語態也有使用區分
- 想說「被誰〜了」的時候，後面可接 by~。

▶ 被動語態也可用 get

被動語態有兩種含意。

例如上述 "The actor was caught" 表示**「被抓到了」**的**狀態**和**「抓到了」**的**事件**。聽者要從上下文判斷。

在這種情況下，可以用 get 取代 be 動詞。如果用 get **就只有「被抓了」的意思，也產生「我沒料想到…卻被～」**的微妙差異。

> The actor got caught. （那個演員**被抓了**）
>
> He got fired. （他**被炒魷魚了**）
> 兩者表達方式都帶有沒料想到的感覺

6-5 假設語氣的基礎

▶ 什麼是假設語氣

在英語中有一個「**用過去式表達假設事情**」的規則,稱為「假設語氣」。

假設語氣往往被認為艱澀難懂,但是它卻包含在實際會話當中。接下來我們來學習假設語氣的使用方法

▶ 開場白「這只是一個假設」

日常會話中經常使用的假設語氣是 would 和 could。

兩者分別為 will 和 can 的過去式,轉換成過去式就可以讓句子帶有「**這只是一個假設**」的含意。

will → would
就會變成「假設的事情」

I will talk to her.
(我將來和她談談)
↓
I would talk to her.
(如果~,我就會和她談談)

I will say this. （我將會說這個）

↓

I would say this. （如果是我，我將會說這個）

will 給人「感覺那個人真的會說」，would 則是「這個人實際上並不會說」的印象。

We can go out this weekend. （我們週末可以外出）

↓

Then, we could go out this weekend.

（那麼我們**應該**可以在這個週末出去）

could 的重點放在實際上還沒決定好、或是假設的事情。

如同上述，基本上是用在「如果是你會怎麼做？」等**假想的事情**，或「如果這個計畫實行了可能會變成～吧」等**還沒決定好的計畫**。

 可以不用 if 嗎？

我們在學校學習的假設語氣，是和 if 一起搭配使用的。

當然也有和 if 一起搭配使用的假設語氣，但是 **would 和 could** 是「**感覺還沒決定好**」的假設語氣。

▶ 表達「遺憾」的假設語氣

除了上述介紹的意思外，假設語氣也可用在認為「實際上應該不會發生」的事情。

I hope they will win. （我希望他們會贏）
↓
I wish they would win. （我**真希望**他們會贏）

· will 改成 would 就能表達我認為他們贏不了的想法。

If I were an engineer, I could work anywhere I want.
（如果我是一名工程師，就可以在任何我想要的地方工作）

· 因為我並不是真正的工程師，用 were。我也不能在喜歡的地方工作，用 could。
· 在假設語氣中使用 be 動詞時，會把原本放 was 的地方改成 were，來表明這句使用了假設語氣。（保留 was 不變也沒關係）

「要是～該有多好」這個詞有 hope 和 wish 兩字可用。
hope 用在「期望會發生的事」，wish 用在「但願會發生的事」。
（hope 用在述說未來相關內容時，常不加 will，改用現在式來表達。）

▶ 關於 would 和「禮貌」

用 would 造禮貌句時，一定會用**「請求句（Would you~?）」**或**「Would like~?（想要～ / 想做～）」**的句型表示。

請注意，沒有 like 的 would 是假設語氣。

想對廠商說「我會寄報告」時

【正確範例】
I'd like to send you the report.
（我**想**把報告寄給您）
I will send you the report. （我**會**把報告寄給您）

【錯誤範例】
I would send you the report.
（**如果是我**就會把報告寄給您）←因為把它當作「假設語氣」

6-6 過去式的應用句型（was + Ving / used to）

▶ 「以前常做」used to 和 would

在動詞前面放 used to，表示「**（雖然現在不做了）以前常做～**」。

> I used to hang out with my brother.
> （我以前常和弟弟一起出去玩）

used to 是強調「現在沒在做的事」的表達方式。如果不需要特別強調，就用過去式。

> I often hung out with my brother.
> （我以前常和弟弟一起出去玩）
> 這時候加上 often 表示「做過幾次」。

would 是類似的表達方式。would 也是放在動詞前面表示「以前常做～」。用 would 可以帶出「以前做了～啊」的**懷念感**。

> I would hand out with my brother.
> （我以前常跟弟弟出去玩啊）

▶ 「過去某段時間內持續進行～」過去進行式

如果把現在進行式（be+V-ing）的 be 動詞改成過去式，就會變成**過去進行式**的句型。

過去進行式使用在**擷取一段過去，表達「當時正在做～」**。

> I was talking to my friend then.
> （那時我正在跟我朋友說話）
>
> We were camping last week. （上週我們去露營）

▶ 「原本準備做～」was going to 的其他表達方式

只要把「**be going to**」改成過去式，意思就會變成「原本試圖做～」和「原本想做～」。
大多數使用在「雖然試圖做卻沒做」的情況。

> Yesterday I was gonna meet him, but...
> （昨天我原本想見他，但是⋯）

- 想單純說「沒做～」就說「didn't~」。
- 常被省略成「going to=gonna」。

還有 tried to~「**試圖做～**」和 was about to~「**正要做～**」的類似表達方式。

Last year, I tried to write a book.
（去年我試圖寫一本書）

I was about to leave, but...
（我正要離開，但是…）

▶ would 的用法

would 有許多含意，是一個使用起來相當方便卻需要時間適應的字。
這次我為各位整理了 would 的用法。

①「原本想做～」**當作 will 的過去式使用**

She would refuse it. （她原本打算拒絕）

He wouldn't come. （他不會來的）

由於 would do（原本想做～）常指 tried to do（試圖做）或是 was going to do（原本打算做），比較常用否定 wouldn't。

② 「過去習慣」與 used to 的用法相同

I would call her. （以前我常打電話給她）
這次我們學到的用法。

③ 「假設」作為假設語氣使用

What would you say? （如果是你的話會怎麼說？）

I would say nothing. （是我的話我什麼都不會說）
這是上次學到的用法。

④ 「表達請求」造禮貌句

Would you send me the report?
（你能寄報告給我嗎？）

Excuse me, I would like tea.
（不好意思，我想喝紅茶）
務必和「請求句（Would you~?）」或「would like」一起搭配
使用。

6-7 「對誰做什麼」SVOO

▶ 需要兩個受詞的動詞

讓我們舉 give（給～）為例說明。

give 後面接的是「**人＋事物**」，用以表達「**把什麼東西給誰**」。

> I'll give her a birthday present.
> （我要給她一個生日禮物）
>
> She gave me good advice. （她給我很棒的建議）

除了 give 以外，還有幾個能在後面接「人＋事物」表達「把什麼東西給誰」的動詞。像這種在動詞後面接續兩個名詞的句型稱為「SVOO」。

> give A B　　（把 B 給 A）
> send A B　　（把 B 寄給 A）
> buy A B　　　（買 B 給 A）

make A B　　（做 B 給 A）
tell A B　　　（把 B 告訴 A）
teach A B　　（教 AB）
show A B　　（把 B 給 A 看）

▶ 使用介係詞的方法

在「人」的部分使用的是比較長的名詞（代名詞除外）時，因為使用「人＋事物」的形式會使語感節奏變差，會改用「物品 +to 人」表達相同的意思。

（有些動詞會使用 for）

She gave good advice to me. （她給我很好的建議）
I'll show my favorite movie to my friend.
（我會給我朋友看我喜歡的電影）
代名詞也可以使用這種形式。

▶ to 和 for 的使用區分

to 有「明確到達某目的地」的含意。同時，give 和 send 等可以好好傳送物品或服務給對方時所使用的動詞會和 to 併用。

【使用 to 的動詞】

give （給）/ teach （教）/ tell （告訴）

show （給…看）/ hand （遞給）/ send （寄送）

sell （賣）等

for 的含意是「往目的地方出發」。（重視出發，到達的感覺較淡）

同時，buy 和 choose 等尚未收到物品或服務的動詞用 for。

【使用 for 的動詞】

buy （買給～）/ choose （為～挑選）

make （為～做）/ cook （為～做菜）

leave （為～留下）/ save （為～保留）

6-8 「把 A 變成 B」SVOC

▶ 「把 A 變成 B」SVOC

讓我們舉 make 為例來說明。

make 後面如果接「**名詞 + 形容詞**」，就可以把意思變成「**把名詞變成某個狀態**」。

（這個句型稱為「SVOC」。）

名詞　形容詞

That incident **made** him famous.

（那起事件讓他一舉成名）

下面幾個也是後面可接「名詞 + 形容詞」的動詞。

make A B　（把 A 變成 B 的狀態）
get A B　　（把 A 變成 B 的狀態）
keep A B　（讓 A 維持在 B 的狀態）

252

leave A B 　　(讓 A 保留在 B 的狀態)

使用在句子當中的樣子如下。

She **left** him angry. (她讓他生氣)

The book **keeps** me motivated. (這本書讓我保持動力)

▶ 可取代形容詞的分詞

有些形容詞可以使用「現在分詞（V-ing）」和「過去分詞
（V-ed）」。

Please leave **the door** locked. （請把門鎖好）

We'll keep **the machine** running all night.

（我們會讓機器運作整晚）

使用分詞，更容易造出「繼續讓～」的句子。

▶ make 和 get 的使用區分

make 與**表達難易度的形容詞**（easy 和 confused 等）
一起搭配使用。

get 則是與**表達完成**（done 和 ready 等）形容詞一
起搭配使用。

He made it easier. （他把事情變得更容易了）

Let's get the work done. （我們把工作完成吧）
get 在這裡的意思是指「完成要事」。
還有其他如 get my hair cut（剪頭髮）/ get everything ready（準備好一切）的用法。

在其他情況下，**當主詞是事物時常用 make，以人當主詞時常用 get**。
這是因為兩者的微妙差異在 get 是「**有意而為之**」，make 是「**無意而為之**」的意思。

He got me interested in organic food.
（他讓我對有機食品產生興趣）
↑他原本就打算要說有趣的事情。

His speech made me bored.
（他的演講讓我覺得很無聊）
↑原本並沒有要讓人覺得無聊。

He made me bored.
（他讓我覺得很無聊）
↑因為原本並沒有打算讓人感到無聊，所以以人當作主詞時也是用 make。

「SVOC」替代 Why 讓你感覺像母語人士？

用 why 表達「你為什麼這麼生氣？」這類句子，母語人士有時會用 SVOC+What 來表達。

你為什麼這麼生氣？
↓
What **made you so angry?**
直譯：「是什麼讓你這麼生氣？」

要成為好設計師，需要具備什麼條件？
↓
What **makes a designer great?**
直譯：「是什麼讓設計師很棒？」

讓我們結合這種感覺上的差異和文法來拓展表達能力吧。

6-9　方便的連接詞

這次我們要學習各種不同的「連接詞」。

除了 and / but / so 再加上基本用語，只要懂得使用各種不同的連接詞，就能豐富你的表達能力。

會用的連接詞越多就越方便

我挑選出在輕鬆談話中使用頻率比較高的連接詞。（也將介紹包括「發揮連接對話作用的副詞」。）

▶ 「以便～」so that…

這是當你想用句子來連接行為目的時所用的詞。

Come closer so that I can see you.

（靠近一點我才能看得到你）

I wake up early so that I can prepare for my job.

（我早起以便準備我的工作）

- so that 後面接續的句子常與 can 一起使用。
- 口說有時會省略 that。
- 也可用 then（然後）代替。

▶ 「另一方面」on the other hand,…

▶ 「儘管～」even though…

用來取代 but（但是），**強調差異**。
可以為句子增添抑揚頓挫。

> You are right.
> But, on the other hand, what he's saying also makes sense.
> （你說的沒錯。但是另一方面，他說的也有道理）
>
> Even though he said "No", she bought a new bag.
> （儘管他說「不行」，她還是買了一個新包包）

▶ 「即使～」even if…

▶ 「以防萬一～」in case…

even if 是用在「**認為應該不會發生**」的事情，假設「即使發生了也…」。

另一方面，與 even if 相比，in case 的細微差異在「**說不定會發生～**」，表達「因為可能會發生，所以要當心」。

I'll leave in case my wife is waiting.
（我要離開，以免我太太在等我）

We're gonna leave tomorrow even if it gets rainy.
（即使明天下雨，我們也會出發）

▶ 「一旦～」once…

▶ 「直到～」until…

這兩個都是與時間相關的連接詞。
once 是「如果做 A，就會變成 B」。
until 是「做 B 直到做 A 為止」。
（until 可省略成 till，意思不變）

Once you learn design, you'll see color differently.
（一旦你學設計，就會改變你看顏色的方式）

Mix it until it gets creamy. （混合直到它變成奶油狀）
也可將連接詞和它後面的句子移到句首。（此時要加逗點隔開。）

▶ 連接詞和時態

接續在連接詞後面的句子,**會用「現在式」表達未來的事情。**

I want to join if he comes. (如果他來,我就想參加)

Be here in case he comes back.
(留在這裡,以免他回來)

另一方面,關於「**現在**」、「**過去**」的事情,跟平常一樣用「現在進行式」和「過去式」表達。

I'll be here if he is coming.
(如果他要來,我就會在這裡)

We will go even though nobody recommended it.
(即使沒人推薦,我們還是會去)

這個規則,這次介紹的連接詞和其他連接詞都適用。

這是因為表達未來的詞(尤其是 will),帶有「**～吧**」和「**不確定的印象**」的含意。

if 和 in case 等**連接詞也因為具有「如果～的話」**的意思,所以要使用現在式,而不是現在進行式或過去式。

▶ 6-1　比較 1（比較級）

☐　這樣簡單多了。

☐　那聽起來更困難。

☐　上個月比較乾淨。

☐　你有小一點的嗎？

☐　我們拿便宜一點的吧。

☐　我的（東西）貴多了。

☐　我認為味道會變好。

☐　新的洗衣機更方便好用。

☐　我之前的工作壓力更大。

☐　萬聖節期間人會更多。

That's easier.

That sounds more difficult.

It was cleaner last month.

Do you have a smaller one?
● Is there…? 也可以
要表達「小一點點」，
Do you have one a little smaller?（你有小一點點的嗎？）也可以

Let's get the cheaper one.
● get（得到）→ have 或 buy 也可以

Mine was much more expensive.
● mine（我的東西）→ my one 也可以

I thought it would be better.
● tastier 也可以
因為是對過去時間點的預測，用 will be「變成～」的過去式 would be。
也可善用 expect A to be B「期待 A 變成 B」來說 I expected it to be
better。也可以

The new laundry machine is more useful.
● useful （有多種用途）→ convenient （省時上的方便）

My previous job was more stressful.
● previous（之前的）→ old 也可以
job → work 或 office 也可以

It's much more crowded during Halloween.
● It will be…也可以

▶ 6-2　比較 2（最高級）

☐　這是我生命中最美好的一刻。

☐　這是最糟糕的通勤時間。

☐　這是我做過最棒的決定。

☐　Mike 為最低薪資工作。

☐　年輕人最有潛力。

☐　你能不能說話小聲點？

☐　今天我們（比平常）走更遠一點吧。

☐　靠近一點。

☐　我做得比我想像中還要好。

☐　它花了比我想像中更多的時間。

It was the best moment of my life.
- moment（瞬間）→ time（時間）也可以
  the best moment → the highlight（聽起來更時髦）

It's the worst time to go to work.
- 「通勤」→ commute 或 go to the office 也可以

It was the best decision I've made.
- I've made → ever 或 I've ever made 也可以

Mike works for minimum wage.
- minimum 其實不是最高級，而是形容詞「最少的」，故不加 the。
  （maximum 也是一樣）

Young people have the most potential.
- 變化方式：much（多的）・more（更多的）・the most（最多的）

Can you talk more quietly?
- talk → speak 也可以

Today, let's go farther （than usual）.
- farther 是 far（遠的）的比較級

Get closer.
- Come closer 也可以

I did much better than I thought.
- better 是 well（好地）的比較級
  英語「做到了」用「做了（did）」。

It took more time than I thought.
- 主詞可換成 I
  …than I expected.（超出我的預期…）

▶ 6-3 比較級 3（同級）

☐　第二季跟（第一季）一樣好。

☐　今天和 12 月一樣冷。

☐　台場和大宮一樣遠。

☐　這週和上週一樣累。

☐　這並不如我想像中一樣難。

☐　我太太賺得和我一樣多。

☐　我會工作到和我的主管一樣晚。

☐　同樣的人又買了一次。

☐　大家都在同一個房間裡。

☐　你有跟這個同樣種類的嗎？

The second season is just as good （as the first）.
💬 is → was （如果用 was，感覺就像回憶著自己看電影的時候）

It's as cold as December today.
💬 比較 Today is…、Tomorrow is…兩天以上的日子時會用 today 當作主詞，但是平常是以 it 當作主詞。

Odaiba is as far as Omiya.

This week was as tiring as last week.
💬 was → has been （到目前為止）

It was not as difficult as I thought.
💬 It was easier than I thought. （簡單）也可以

My wife earns as much as me.
💬 …as much as I do. 也可以

I'll work as late as my boss.
💬 「平常就工作得很晚」可用現在式。

The same person bought it again.

Everybody is in the same room.
💬 We are all in the same room. 也可以

Do you have the same kind as this?
💬 the same kind - 同樣種類的

▶ 6-4 被動和 get

☐ 我得到了很多幫助。

☐ 我朋友被炒魷魚了。

☐ 我同事升職了。

☐ 媽媽在一場意外中受傷了。

☐ Siri 有時會被錯用。

☐ 我想被邀請去參加派對。

☐ 我想被調去北海道。

☐ 我想被我們的新同事約出去。

☐ 我上週被甩了。

☐ 誰升職了？

I was helped a lot.
- a lot（很多）→ many times（很多次）
  I've been helped a lot.（至今得到很多幫助」也可以

My friend got fired.
- got → was 也可以

My colleague got promoted.
- got → was
  got a promotion 或 moved up 也可以

Mom got injured in an accident.
- got → was 也可以
  injure（受傷）→ hurt 也可以

Siri is sometimes used in the wrong way.
- in the wrong way - 用錯誤的方法
  sometimes（有時）放在句尾也可以

I want to be invited to the party.
- 這是「want to + 被動動詞」的語態。want to 後面要接「原形動詞」，所以用 be invited。

I want to be transferred to Hokkaido.
- be → got 也可以

I want to be asked out by our new colleague.
- ask out - 約出去（指約會）

I was dumped last week.
- dump- 吐出來、甩掉（情人）
  We broke up.（我們分手了）或
  He/She dumped me. 也可以

Who got promoted?
- got → was 也可以

▶ 6-5　假設語氣的基礎

☐　如果是你會怎麼做？

☐　你會在餐廳點什麼菜？

☐　你會投票給誰？

☐　如果你 20 歲，你會投票給誰？

☐　按照他的方法，我們可以刪減 20% 的成本費用。

☐　沒人會抱怨這個產品。

☐　我希望他年輕十歲。

☐　希望我能跟你一起去。

☐　如果有必要，我會加入。

☐　如果可以的話，我會幫你。

What would you do?

What would you order at the restaurant?

Who will you vote for?
● 因為是事實，用 will。

If you were 20, who would you vote for?
● 因為知道對方不是 20 歲，所以用 were。
在這裡的投票也是與事實相反的事，用 would。

We could cut 20% of the costs by following his approach.
● 因為還未確定，用 could。
cut → reduce 也可以 ，approach（方法）→ method 也可以

No one would complain about this product.
● 還未販售的產品用 would，決定好要販售時用 will

I wish he was 10 years younger.
● was → were 也可以

I wish I could go with you.
● I wish we could go together. 也可以

I would join if （it were） necessary.
● necessary → needed 也可以
「覺得應該沒必要」的心情用 would。
如果覺得「好像需要」，可用 will。

I would help you if I could.
● 表達「雖然我覺得沒辦法做到」的謙虛心情時用 would 和 could。實際上打算幫忙的話，可用 will 和 can。

▶ 6-6　過去式的應用句型 （was + Ving / used to）

☐　我年輕時常常喝太多。

☐　Ben 以前常給我建議。

☐　我以前會嘗試挑戰所有我感興趣的東西

☐　她曾經留了一頭長髮。

☐　我比以前更常出去吃飯。

☐　她比以前更常笑了。

☐　我本來想上廁所的，但是有人正在使用中。

☐　我本來要早點上床睡覺，卻熬夜了。

☐　我本來要休息一下，卻發生了一個大麻煩。

☐　它會比平常花更多的時間。

I used to drink too much when I was young.
- used to drink → would drink 或 often drank 也可以

Ben used to give me advice.
- used to give → would give 或 often gave 也可以

I would try everything that I was interested in.
- would try → used to try 或 usually tried 也可以
  「挑戰」：try 或 try out。
  challenge 當作動詞是「提出異議、質疑」的意思。

She used to have long hair.
- She had long hair. 也可以

I eat out more often than I used to.
- than I used to - 比以前的自己更… → than before （同義）

She smiles more often than she used to.
- smiles （微笑） → laughs （出聲笑）
  used to → than before 也可以

I was gonna use the bathroom, but someone was using it.
- was about to… （有「正準備要打開門卻意識到廁所裡面有人」的感覺）

I was gonna go to bed early, but I stayed up late.
- stay up late - 熬夜

I was gonna take a break, but a big problem happened.
- was about to 或 tried to…也可以
  a break （休息） → a day off （休假一天）

It takes more time than it used to.
- It takes longer than…也可以
  used to → than before 也可以

▶ 6-7 「對誰做什麼」SVOO

☐ Mike 給我不錯的建議。

☐ 我妹妹寄了一封可愛的信給我。

☐ Ben 做鬆餅給我們。

☐ 我會把你介紹給他。

☐ 我把剩下的食物留給兼職人員。

☐ 請幫他買一隻狗。

☐ 讓我們看你能做什麼。

☐ 給她一杯啤酒。

☐ 幫 Mike 找一個好人。

☐ 誰給她這個主意？

Mike gave me good advice.
💬 Mike gave good advice to me. 也可以
advice 是不可數名詞。

My sister sent me a lovely letter.
💬 ···sent a lovely letter to me. 也可以

Ben made us pancakes.
💬 ···made pancake for us. 也可以

I'll introduce you to him.
💬 introduce 是不適用於 SVOO 句型的動詞，一定要用「to 人」。其他還有
put you in touch with him（讓你聯絡他）的表達方式。

I saved the rest of the food for the part-timer.
💬 food → dishes（料理）也可以
the rest of（剩下的）→ the left over（剩餘的～）也可以

Please buy him a dog.
💬 buy → get（得到）也可以
buy a dog for him 也可以

Show us what you can do.
💬 what you can do → what you're capable of 也可以

Get her a glass of beer.
💬 get A B - 給 A B
get → give 也可以

Find Mike a good person.
💬 find A B - 幫 A 找 B

Who gave her the idea?

▶ 6-8 「把 A 變成 B」SVOC

☐ 她讓門開著。

☐ 是你讓水一直流不停嗎?

☐ 是什麼讓她這麼醉?

☐ 請繫好安全帶。

☐ 你應該保持你的桌面整潔。

☐ 我必須保持我的提案簡單。

☐ 我們必須讓工廠維持整天運作。

☐ 是什麼讓你與眾不同?

☐ 我學到活版印刷的偉大。

☐ 我可以繼續播放音樂嗎?

She left the door open.

Did you leave the water running?

What made her so drunk?
💬 How did she get so drunk? 也可以

Please keep your seat belt fastened.
💬 fasten -（用繩子等）繫緊、打結

You should keep your desk neat.
💬 neat（整齊的）→ organized 或 cleaned 也可以

I always try to keep my proposals simple.
💬 proposal - 提案

We have to keep the factory working all day.
💬 all day - 整天

What makes you different from others?
💬 What makes you stand out（from others）? 也可以

I learned what makes great typography great.
💬 節錄自史帝夫‧賈伯斯的演講

Can I keep the music playing?
💬 Do you mind if I…? 也可以

▶ 6-9　方便的連接詞

☐　你可以（幫我）抄筆記，這樣我才能翹課？

☐　雖然他失明，可是他很獨立。

☐　即使他被調到國外，我也會陪著他。

☐　請再解釋一次，以免她聽不懂。

☐　請不要關燈，以免有人來。

☐　我有備份，以免資料被刪除。

☐　電視節目一播出，這家店就變得很受歡迎。

☐　我們無法認真交談，除非寶寶停止哭泣。

☐　只要我開始吃就停不下來。

☐　冬天很乾燥。另一方面，夏天很潮濕。

Can you take notes （for me）, so that I can skip class?
- that 可省略
  take a note 表示「紀錄一下」的意思，這裡要用 take notes。

Even though he is blind, he is very independent.
- 也可用 but（even though 是強調的表達方式）
  independent - 自立、獨立的

Even if he gets transferred overseas, I'll stay with him.
- transferred overseas（調派到國外） → assigned overseas 或
  transferred to another country 也可以

Please explain it again in case she didn't understand （it）.

Leave the light on in case someone comes.
- leave A B - 保持 A 在 B 的狀態

I have a back-up in case the data gets deleted.
- deleted → erased 也可以
  have a back-up → make a back-up 也可以

The store got popular once the TV program showed it.
- got → became 也可以
  showed → featured（特別介紹、主打） 也可以

We can't have a serious conversation until the baby stops crying.

I can't stop eating once I start.
- 因為 eating 會重複兩次，建議省略其中之一（通常省略第二次出現的字）

It's dry in winter. On the other hand, it's humid in summer.

第 **7** 天 ▶

介係詞的使用區分
（微妙差異篇）

讓我們正確使用介系詞，提升英語溝通能力吧。

7-1 「搭計程車」移動手段和 in / on / by

▶ 用在交通工具的 in 和 on

有三個用在交通工具的介係詞：on / in / by。

需要踏上台階或階梯搭乘的交通工具用 on。

搭乘有台階的交通工具用 on

身體蜷縮進去搭乘的交通工具用 in

I'm on **the bus**. （我在公車上）

I'll go on **my bike**. （我會騎腳踏車過去）

- 「踏上台階搭乘」用 on。
- 摩托車或馬等只是騎坐在上面的交通工具也用 on。

【其他用 on 的交通工具】

airplane-flight （飛機） / subway （地鐵） / train （火車、電車） / ship （中大型的船） / horse （馬） / foot （徒步） / highway （高速公路）

（「徒步」用 on foot，只有 foot 不加冠詞。其他都要加上 a 或 the 等冠詞。）

---

in 使用於需要身體蜷縮進去搭乘的交通工具。

Get in the car! （上車！）
I left my wallet in the taxi. （我把錢包忘在計程車上了）
想像入口處有點小、把身體蜷縮起來「進入盒子裡」的畫面。

【其他用 in 的交通工具】
boat （中小型的船） / helicopter （直升機）
（比較大有階梯的 boat 用 on）

另外，在搭乘公共交通工具時也常以 take 代替 get on /
get in。
這樣就不必思考如何正確使用 on 和 in，不妨多加使用
take。

▶ 下車時使用反義的介係詞

下車時，使用的是與上車時相反的介係詞。

on ↔ off
in ↔ out
We'll get off the bus there. （我們會在那裡下車）
Let's get out of the car. （我們準備下車）

▶ 可使用於任何交通工具的 by

by 可以代替 on 和 in。

雖然 by 可用在「on」和「in」的交通工具，但是為了要**去掉冠詞**（my 或 the 等），「想說清楚是搭誰的車去」的時候，通常用 on 或 in。

I came here by bike. （我騎腳踏車來的）

The refugees came across by boat.
（難民們是渡船過來的）

・by「手段」，與 go / come / travel 等表示移動的動詞一起搭配使用。（不用 be 動詞）
・使用 by 的時候，通常會去掉冠詞。（移動方法以外的用法也一樣）

▶ 美國和英國的火車印象

美式英語表達搭火車會說 **get** on the train.
英式英語表達搭火車會說 **get** in the train.

這種差異是從何而來，在**火車是否有台階**。

現代沒有台階的火車增加了，但是在很久以前，美國有許多火車需要踏上台階搭乘，因此用 get on 來表達相當符合這個畫面。

英國有許多火車並不需要從月台踏上台階搭乘，因此使用 in（進入）比 on（踏上）來得貼切。

（日本的電車並無高低落差，日本的英語源自於美國，一般使用「on」表達 get on the train。）

「在澀谷」地方和 in / at / on

▶ 最常使用的是 in

最常用於地方的介係詞是 in。

I found a nice cafe in **Shibuya**.
（我在澀谷發現不錯的咖啡店）

I'll be in **my office** after 3. （三點以後我會在公司）

【其他使用 in 的地方】
house （家）/ hospital （醫院）/ building （大樓）
/ park （公園）/square （廣場）/ station （車站）/
Japan （所有國家都可使用 in）/ Shizuoka （靜岡縣，所有都道府縣・市鎮村都可使用 in）

在大多數情況下，幾乎所有地名和建築物都使用 in。
由於比較少不使用 in 的情況，請參考並掌握下列原則。

▶ 不想說「在裡面」時用 at

in 有「在～的裡面」的含意，有時根據你想表達的內容，
會有不想說「在裡面」的時候。

在暗示「**無論建築物內外都可以**」的時候，會用 at 代替 in。

至 可用在外面和裡面　　（in 只能用在裡面）

Let's meet at **the cafe**. （我們在咖啡廳見面吧）

因為不論是在咖啡廳裡面或入口處見面都好，所以用 at。用 in 就變成「我們在咖啡廳裡面見面吧」的意思。

He'll arrive at **the airport** at 6. （他將在6點抵達機場）

由於飛機是在跑道（建築物外）降落，因此 airport 常用 at。

I'm at **the hospital** to visit my friend. （我在醫院探視我的朋友）

如果說 in the hospital 就會有「在住院的感覺」，所以用 at。

▶ 有點高的地方用 on

在山丘或山上等比周圍稍微高一點的地方用 on。

比用 遭 還高的地方
用 on

We watched the stars on **the hill**.

（我們在那座山丘上眺望星星）

We'll land on **the island** at night.

（我們會在晚上登陸那座島）

島和海灘都是「比海還高的地方」，所以用 on。

【其他使用 on 的地方】
stage （舞台）/ beach（海灘）/ wood deck（木甲板）/ viewing deck（展望台）/ road・street（道路）/ farm（農場）

・road / street （道路）或 farm （農場）比起「進入裡面」，更有「乘坐在上面」的感覺，所以用 on。
・由於像 Miami Beach 等固有名詞的海灘被視為一座城市，用 in 表達。

▶ 「附近」用 near / by / in front of

想說「靠近某物」時，請用 near / by / in front of。

by 和 near 是「在附近」的意思。in front of 則是用在「在～的前面」的意思。

I'm in front of **the post office.** （我在郵局前面）

Do you know the restaurant near **A-store**?
（你知道 A 店附近有沒有餐廳？）

「各種媒體」的訊息和 in / on

▶ 「各種媒體」傳達訊息和 in / on

在網站、部落格、Twitter 等網路上的訊息用 on。

There's no information on **the internet**.
（網路上沒有資訊）

You should write it on **your blog**.
（你應該寫在你的部落格上）

可想像成訊息「乘坐在」在網路上的畫面。

【其他使用 on 的媒體】
blog（部落格）/ Facebook / Twitter / Instagram /
Youtube / TV

書本或字典等紙張出版物和報導等文章用 in。

I read it in **a book**. （我在一本書上讀到的）

Her photo is in **a magazine**. （她的照片在一本雜誌裡）
想像訊息是「塞在」書本裡。

【其他使用 in 的媒體】
letter（信）/ dictionary（字典）/ newspaper（報紙）
/ article（報導）/ report（報告）/post（投稿）/ novel（小
說）/ booklet・brochure（小冊子）/ text message
（SMS 的簡訊）/email（電子郵件）←被視作信件

7-4 「用鉛筆」方法和 with / by

▶ 拿在手上的物品用 with

「用鉛筆」和「用零錢」**等拿在手上使用的工具用 with。**

手持工具用 with

> Can I pay with **cash**? （我能用現金支付嗎？）
>
> He drew it with **colorful pencils**. （他用彩色鉛筆畫的）
>
> 支付方式也可用 by。

【其他使用 with 的工具】
my hand（手）/ my finger（手指）/ a pen（筆）/ a credit card（信用卡）/ a spoon（湯匙）/ chopsticks（筷子）/ a machine（機器）/ a hammer（鎚子）

▶ 表達手段方法的 by

「徒步」和「用電話」**等表達手段方法用 by。**

It took just 10 minutes by bus.

（搭公車只花了 10 分鐘）

You can order it by phone. （你可以用電話訂購）

【使用 by 的手段方法】

支付方式

cash / card / cheque （支票） / PayPay

移動方式

car / train / bus / taxi / land （陸路） / road （道路）

聯絡・運輸方式

phone （電話） / mail （信） / email （電子郵件） / air （空運） / sea （海運）

原則上在使用 by 表達手段方法時，會省略冠詞。

▶ 可和動詞一起使用的 by + V-ing

by 也可以「**by + V-ing**」的形式使用。

因為幾乎所有動詞都能使用，不必在意介係詞就能表達「手段方法」。

You can make copies quickly with this machine.

　　↓

You can make copies quickly by using this machine.

（你可以用這台機器快速影印）

「用 1000 日幣」金錢和 for / at

▶ 表示交換的 for

表達**物品價格**時用 for。

> You can buy the new iPhone for **$800**.
> (你可以用美金八百元買新的 iPhone)
>
> You can use the Wi-Fi for **free**.
> (你可以免費使用 Wi-Fi)
>
> ・ 想像 iPhone 和美金 800 交換的樣子。
> ・ 「免費」用 for free。

> This used iPhone is **$500**.
> (這支二手 iPhone 要價美金 500 元)
> 使用 be 動詞時不需加 for。

for 有「代替～」與「和～交換」的含意。
即使不是用金錢取得的東西,也可用 for。

for 有交換的意思

He paid me 5,000 yen for **2 hours of cleaning**.

（他付我二小時 5,000 日圓的清潔費）

Could you exchange this for **a new one**?

（可以請你交換一個新的嗎？）

這裡也是想像成用 5,000 日圓與自己的勞力做交換。

▶ 表示價格變動的 at

當價格經常波動時用 at。

因為 at 有「**用手指的印象**」，感覺就像用手指著某個變化的價格點表示「用這個價格！」。

A-Store sells gas at **$2 per liter**.

（A 店以每公升 2 美元的價格出售汽油）

I bought this hat at **a discount (price)**.

（我以折扣價購買了這頂帽了）

・at 常用在汽油、匯兌等價格會依各家店有所不同的東西上。

・at a discount（打折）/ at a low price （低價）等，at 的後面也經常接數字以外的詞。

「5 分鐘內」時間和 in / at / for 等

▶ 「在～時間範圍內」in / within

想表達「在 30 分鐘內」、「在 3 天內」等**要花多少時間時用 in 和 within**。

> Your package will arrive in **3 days**.
>
> (你的包裹會在 3 天內送達)
>
> We'll finish this movie with in **30 minutes**.
>
> (我們會在 30 分鐘內結束這部電影)
>
> in 用在「好像需要那麼久的時間」，within 則是在「有可能提早結束時」使用。

▶ 「～分鐘」for

想表達「三十分鐘」和「兩天」等**時間會持續到多久時用 for**。

for 是持續時間
study for 2 hours (念書念了兩個小時)

開始　1h　2h

in 為所需時間
finish in 2 hours (在兩小時內結束)

study

You slept for **2 days**. （你睡兩天了）

Ill wait for **only 10 minutes**. （我只會等 10 分鐘）

雖然與 in 相似，in 表達的是「到結束之前的所需時間」，for 是表達「持續時間」。

▶「～分鐘後」in / after / later 的使用區分

「～分鐘後」和「～天後」有 in / after / later 三種可使用的表達方式。

正如上述介紹，in 的意思是「從現在開始～分鐘後」。**in 用於未來的事，after 用於過去發生的事。**

I'll call you in 10 minutes.
（我會在 10 分鐘後打電話給你）

After 1 hour, he got bored.
（1 小時後他開始感到無聊了）

in 後面只能放 10 分鐘等時間，after 可放 lunch 或 work 等名詞。

later 是根據故事事件，表達「在～分鐘後」的意思。

She went out and came back 20 minutes later with some drinks.
（她出去 20 分鐘後，帶了些飲料回來）

later 被分類為副詞，也可單獨使用 later「之後」。

▶ 「在～點」at / around

當你想說「在 1 點」等**準時開始或結束的時間點用 at**。

若想放寬時間範圍如「在 1 點左右」，可改用 around 1 或 at about 1。

I'll start at **5**. （我會在 5 點開始）

He'll finish around **5**. （他會在 5 點左右結束）

▶ 「直到～為止」until /「在～以前」by

當你想表達「直到 2 點」或「直到明天」等**結束的時間點用 until 和 by**。

(in / within / for 與「30 分鐘」等時間長度一起使用，at/ until / by 與「2 點」等時間點一起使用。

until「直到～為止」，用來**表達持續到什麼時候為止**。

by「到～以前」，用來**表達要在什麼時候之前結束**。

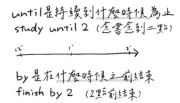

until是持續到什麼時候為止
study until 2 (念書念到二點)

by是在什麼時候之前結束
finish by 2 (2點前結束)

He'll come home by **4**. （他會在 4 點以前到家）

I'll be in my office until **noon**.
（我中午以前都會在辦公室）

7-7 「在 3 月」月曆和 in / on / at

▶ 「在 3 月」月曆和 in / on / at

「在 3 月」和「在 6 點」等表示月份和時刻時用 in / on / at。

依據下列規則使用。

in → 年・月・週
in February（在 2 月）/ in 1991（在 1991 年）/ in my 30s（在我 30 多歲的時候）

on → 天
on Monday（在星期一）/ onFebruary2（在 2 月 2 日）/on the 5th（在這個月 5 號）/ on weekdays（在平日）/ on weekends（在週末）
・美式日期表達順序為月、日、年。
・2 月 2 日就算不寫 2nd 也要唸「February second」。
・一個禮拜以內用 on。

at → 點・分
at 5（在 5 點）/ at 5:30（在 5 點 30 分）

▶ 「下個月、這禮拜」next / this / last

以當下為基準，想表達「這個禮拜」或「下個月」時用
next / this / last。

下個月→ next month

上個月 → last month

這禮拜→ this week

今年 4 月 → this April

使用 next / this / last 時要省略 in 或 on。

7-8　「在夏季」期間和 during / between / among

▶ 「在～期間」用 during

「在夏季期間」、「放假中」等「**某段期間**」用 during。

> I stayed home during **the vacation**.
> （我在放假期間都待在家裡）
>
> I went camping with my family during **the summer**.
> （夏天我跟家人一起去露營）
>
> during 可用於「整段期間」和「整段期間的某個時間點」兩種含意上。

▶ 連接詞 when 和 while

上述的 during 是介係詞，**後面只能接名詞**。
想使用動詞時，就使用連接詞 when （～的時候）和 while （～的期間）。（後面接主詞 + 動詞…）

> When I was writing this book,...
> （當我在寫這本書的時候…）

While **I** was writing this book,...

（當我在寫這本書的期間）

while 表示的期間比 when 更長。

▶ 「在地點之間」用 between / among

「樹與樹之間」等「**物與物之間**」用 between 和 among。

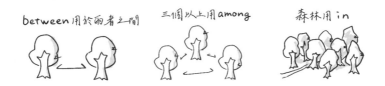

There's a big difference between **A and B.**

（A 和 B 之間有極大的差異）

He has a bad reputation among **some co-workers**.

（他在同事間的風評不好）

He has a bid reputation in **his company**.

（他在公司裡的風評不好）

· 對象在兩者之間用 between，超過三個以上用 among。

· 更大群時會用 in。（感覺就像是在群體裡面而不是群體之間。）

「關於～」代表主題的 on / of / about

要說「關於～」時，可使用介係詞 on / of / about。

讓我們看看它們各自的微妙差異吧。

▶ 「詳細處理」用 on

on 是三者當中最能表達**「記載詳細訊息」**和**「擁有強烈觀點」**的感覺。

a book on Asian culture （一本詳細介紹亞洲文化的書）

a report on social problems
（一份詳細介紹社會問題的報告）

使用 on 會有一種詳細處理的感覺，因此常與工作相關用詞搭配使用。

information on ~（～的訊息）/ research on ~（～的
研究）/ a study on~（一項～的研究）/ a textbook on~
（一本～的教科書）/ advice on~（關於～的建議）/ a
take on~（有關的意見）/ an opinion on~（有關～的看
法）
不可數名詞要省略 a。

▶ 用途廣泛的 about

最貼近「關於～」的字是 about。
在多數可使用 on 和 of 的情況下，也能用 about。
about 不像 on 一樣有「詳細處理」的微妙差異，也不像 of
一樣有「包含整體」的意思。
about 表中立，可在各種情況下使用。

the story about **my first date**.
（關於我第一次約會的故事）

Let's talk about **our future**.
（我們來談一談關於我們的未來）

【其他常和 about 一起使用的詞】
a story about~（有關～的故事）/ think about~（考
慮～）/ talk about ~（談論～）/ complain about~（抱
怨～）

▶ 包含整體的 of

當 of 用在「關於～」的意思時，會有一種「**（某種程度上）包含所有目標對象**」的印象。常用在包含整體事物，例如照片和圖畫等。

a video of World War II （第二次世界大戰的影片）

a photo of my daughter （我女兒的照片）

【其他常和 of 一起使用的詞】
a picture of ~（～的圖畫、照片）/ a movie of ~ （～的電影）/ a story of ~（～的故事）/a booklet of ~（～的手冊）/ an example of ~（～的例子）/ a question of ~ （～的問題）/ think of ~ （思考～）

「的」的使用區分 in / of / to

與「～的」相對應的英語除了 of 外，還有 in 和 to 等幾個
介係詞可使用。

建築物的地板	→	the floor of the building
人口的變化	→	a change in population
我家的鑰匙	→	the key to my house

▶ 「的」的替代字

首先，表達「～的」，**英語中也有其他替代字可表達**。
對於這類表達方式，多會使用 of 以外的介係詞。

英語的書 → 用英語**寫的**書
a book in English
如果是「用英語寫的書」，用表示語言的 in 才自然。
如果是「有關英語的書」，可用 on English。

癌症病患 →**患有癌症**的病患

a patient with cancer

「擁有」的意思用 with。

頭痛藥 →**給頭痛的藥**

medicine for a headache

因為是「對頭痛有效的藥」用 for。

英語 of 可使用的範圍較為狹隘，要正確使用 of 就必須明白它的意思。

有三種使用 of 表達「的」的規則。

①**表達繪畫等主題**
②**表達某事物的特徵或其中一部分**
③**表示物主**

上次已介紹過 ①，這次讓我們來看看②和③。

▶ 表達「特徵」和「部分」的 of

表達 color（顏色）或 price（價格）等特徵時，用 of。

the color of my hair （我的髮色）

the price of the bed （床的價格）

of 也可以用來表達「**某一部分**」。就像 a part of （～的一
部分）或 most of （大多數的）一樣使用。

A part of **the problem** can be fixed.
（可以解決一部分的問題）

Most of **my colleagues** are married.
（我的同事大多數都結婚了）

後面接的是 year 或 life 等**與時間有關的詞也是用 of**。

This is the **best moment** of **the year**.
（這是一年中最精彩的瞬間）
· 把 the best moment 視為一年中的「一部分」。
· 最常與 the best~ 等「比較級最高級」搭配使用。

▶ 表示所有的 of 和 's

of 還可以表示「**物主**」。

---

the nest of **a bird** （鳥巢）

the floor of **the building** （建築物的地板）

of 後面是物主。

我們也可以用**名詞 +'s** 表達相同的意思。
「**當人是物主的時候**」用 's，「**事物是物主的時候**」常用 of。

【人所擁有】
◎ **Ben**'s book （Ben 的書）
◎ **Ben**'s problem （Ben 的問題）
◎ **a bird**'s nest （鳥巢）

動物也可用 's

△ the building's floor （建築物的地板）

由於建築物不是人，比較常用 of。

【事物的一部份】
◎ the cover of **a book** （書本封面）
◎ a problem of **society** （社會問題）
◎ the embassy of **Brazil** （巴西大使館）

國家擁有的事物常用 of。

× a video of **Ben** （Ben 的影片）
video + of 是「表達主題的 of」，這句意思會變成「有拍到 Ben 的影片」。

其他還有名詞位置不變的排列方法。

雖然與之前所舉例子一樣都有「擁有」的意思，就像 soccer player （足球選手）和 seat belt （安全帶）一樣，會產生把**複數名詞視為一個整體**的印象。

【排列名詞的方法】
◎ the book cover （書本封面、書套）
◎ a social problem （社會問題）
和 society → social 一樣，可改成形容詞的名詞就改成形容詞。
◎ the Brazilian embassy （巴西大使館）
這裡也是改成形容詞。

▶ 表示變化的字用 in

change （變化）和 improvement （改善）等**表示變化的字**常與 in 搭配使用。

a change in the temperature （氣溫變化）

an improvement in performance （性能改善）

【其他常和 in 一起使用表示「變化」的字】
progress（進步）/ revolution（革命）/ increase（增加）/
decrease（減少）/reduction（刪減）/ variation（變動）等

in 改用 of，代表「**整個替換**」的意思。

a change of rooms （房間的替換）

There has been **a change** of leadership
（最近領導人一直在更換）

▶ 成對搭配的事物用 to

to 有「**適合～**」和「**相應～相符～**」的含意。
「鑰匙和門」、「答案和問題」等成對搭配的事物用 to。

the key to success （成功的祕訣）

the solution to global warming （全球暖化的解決方案）

▶ 關於 of 後面的冠詞

如果也能正確使用 of 後面的冠詞是再好不過了。

（關於加不加冠詞，請參考 p.186~189「5-1 冠詞的用法」）

【房價】

the price of houses

不加冠詞的複數形表示「大多數的房子」。

↓

The price of houses in Tokyo is increasing.

（東京的房價上漲）

the price of the house

加 the，表示「那間房子」。

↓

The price of the house in Tokyo was expensive.

（那間東京的房子很貴）

「在右手臂上」身體和 on / in / with

▶ 附著在身上的物品用 on

眼鏡、手錶等**配戴在身上的物品用 on**。

> Look at **the watch** on his right arm.
> （看看他右手腕上的手錶）
>
> You should put on **your hat**. （你應該戴上帽子）
> ・on 想像附著在身上、在身上。
> ・配戴在身上時用 put on～。
> ・脫掉時用 take off～。（on 的相反詞是 off）

▶ 在身體裡面的物品用 in

雖然使用 in 的物品比 on 還少，放在眼睛裡的隱形眼鏡、在口袋裡的手帕等**在身體裡面的物品用 in**。

> I have **a heavy pain** in my back. （我的背部很痛）
> Let me put in **my eye-drops**. （讓我點眼藥水）
> 疼痛不是用 on（附著），而是被視為存在於體內，所以用 in。

- 放到裡面用 put in ～。
- 拿出來用 take out ～。（in 的相反詞是 out）

▶ 想說「～樣的人」用 in / with

想說「穿著～的人」時，想像「**衣服覆蓋在身體上**」，用 in。

配戴在身上時用 with

a girl with a ribbon

穿著衣服時用 in

a girl in a dress

Can you see the guy in **the blue suit**?
（你看到那個穿藍色西裝的傢伙嗎？）

"Men in **Black"** is my favorite movie.
（「MIB 星際戰警」是我最喜愛的電影）

想說「**配戴～在身上的人**」、「**擁有～的人**」用 in。

Can you see **the man** with the yellow watch?
（你看得到戴黃色手錶的男人嗎？）

an animal with **a long nose** （長鼻子的動物）

a person with **good communication skills**.
（有良好溝通技巧的人）

如同上述，「沒有的東西」或「眼睛看不見的東西」也可用 with。

「心情好」的狀態和 in / on / under

▶ 「進入全神貫注」的狀態用 in

想說 in a hurry（匆忙、趕時間）、in a difficult situation（在困難的情況下）等 **在某種狀況下** 時用 **in**。

另外也有「全神貫注」的說法，in 則是代表 **進入某種狀況**。

> I'm **in a hurry**!（我正在趕時間！）
>
> I know you're **in a difficult situation**.
> （我明白你身處於困難的狀況）
>
> 【其他用 in 表達狀況的詞】
> in grief（悲傷）/ in trouble 遇到麻煩）/ in good condition（狀況良好）/in a bad mood（心情不好）/ in debt（欠債 /in danger（在危險中）/ in a line（排成一列）/ in love with（愛上～、與…相愛）

▶ 能控制的狀況用 on

on sale（銷售中）、on a diet（節食中）等也可用 on。

in 是使用在「自己無法控制的狀況」，**on 則是使用在「某種程度上可控制的狀況」**。

（in 像「一旦進入就很難出來（無法控制）」，on 像「只是乘坐著，隨時都可下車」的感覺）

很難擺脫 in 的狀態

on 是隨時都能靠下來的狀態

She's been on **a fruit diet**. （她持續進行水果飲食）
My doctor put me on **another drug**.
（我的醫生開給我別的藥）
「持續服用藥物的狀態」與節食中一樣，都是以 on 的邏輯思考。）

【其他用 on 表達狀況的詞】
on sale（銷售中）/ on display（展示中）/ on the job、
on duty（工作中）/ on a trip（旅行中）/ on leave （休假中）← 另外一種說法是 off work

▶ 受到控制時用 under

在日語中有「在～的影響下」、「在～的管理下」的說法，想表達**「深受某種影響的狀況」**的微妙差異時要用 under。

The company is under **his control**.

(這間公司在他的管理下)

I'm under **a lot of pressure**. （我的壓力很大）

【其他常和 under 一起使用的詞】
under stress （在壓力下）/ under the law （根據法律
規定）/ under one's leadership （在某人的領導下）/
under discussion （討論中）

▶ 7-1 「搭計程車」移動手段和 in / on / by

☐　抱歉（當時）我在火車上。

☐　我在我的車子裡找到你的手機。

☐　我把我的傘忘在地鐵了。

☐　我在計程車裡看到一則有趣的廣告。

☐　他把車子撞到路肩。

☐　高速公路上有塞車。

☐　我喜歡搭火車旅行。

☐　飛機上大約有兩百名乘客。

☐　我應該搭哪一台巴士？

☐　我們不要走高速公路。

Sorry, I was on the train.

🔵 「在火車上」美式英語用 on，英式英語用 in。「平常利用的火車」和「平常搭的巴士」等交通工具通常用 the。

I found your phone in my car.

I left my umbrella on the subway.

🔵 left（留下）→ forgot（遺忘）也可以
地下鐵和火車都是用 on。

I saw an interesting ad in the taxi.

🔵 taxi → cab 也可以

He crashed his car off the road.

🔵 道路也用 on，因此偏離道路時用 off。

There was a traffic jam on the highway.

🔵 a traffic jam（塞車）也可用 heavy traffic

I like traveling on trains.

There were about 200 passengers on the plane.

🔵 plane → airplane 或 flight 也可以

Which bus should I take?

🔵 take → get on 也可以
巴士需要爬上階梯搭乘所以用 on。

Let's not take the highway.

🔵 Let's not take → Let's avoid 也可以

▶ 7-2 「在澀谷」地方和 in / at / on

☐　我在驗票口前面。

☐　我們在新宿站東口見面吧。

☐　我在公園。

☐　公園裡有廁所嗎？

☐　我們在沙灘上蓋了一座很大的城堡。

☐　我必須在辦公室待到六點。

☐　廚房裡有一隻很大的蜘蛛！

☐　她在日本出生，在美國長大。

☐　我們要在下一站轉車。

☐　我在一家貿易公司工作。

I'm in front of the ticket gate.
💬 in front of → at 或 by 也可以

Let's meet at the East exit of Shinjuku station.

I'm at the park.
💬「在公園裏面」可用 in。

Is there a restroom in the park?
💬我想說「在公園裡面的廁所」，所以用 in（at 也可以）。

We made a big castle on the beach.
💬海灘的印象是「比海還高的地方」，所以用 on（at 也可以）。

I have to stay in my office until 6.
💬 in「在辦公室裡出不來的感覺」
in → at（也可以）
I can't leave my office until 6.
stay → be （也可以）

There is a big spider in the kitchen!
💬 I found... 也可以

She was born in Japan and raised in the US.
💬國家和地名用 in。
raised → grew up 也可以

We'll transfer at the next station.
💬 transfer（轉車） → change trains 也可以

I work at a trading company.
💬 at → in（因為我說的是「在公司裡」，感覺是內勤的工作，或是一間很大的公司）
at → for（「為公司工作」的歐美說法用 for，遠距工作等不去公司時也適合用 for）

▶ 7-3 「在信件裡」訊息和 in / on

☐　他的公司出現在今天早上的報紙上。

☐　他的個人簡介出現在維基百科上。

☐　她每天都會把自己烹飪的照片上傳到 IG。

☐　你為何不把你的廣告放在我們的網站上？

☐　我在網路上讀到的。

☐　我把它加到今天早上的電子郵件附件中。

☐　讓我們用電話談談。

☐　我會用 LINE 傳訊息給你。

☐　這本書裡有許多實用的建議。

☐　他的小說中出現很多隱喻。

His company is in this morning's newspaper.
💬 紙張出版物用 in。

His profile is on Wikipedia.
💬 網路媒體用 on。

She posts her cooking photos on Instagram every day.
💬 posts → uploads 也可以

Why don't you put your ads on our website?

I read it on the internet.

I attached it to this morning's email.
💬 attach A to B （把 A 附加到 B）

Let's talk on the phone.

I'll message you on LINE.
💬 LINE → Instagram, Facebook 等其他 SNS 也可以使用同句型

There's a lot of practical advice in this book.

There are many metaphors in his novel.

▶ 7-4　「用鉛筆」方法和 with / by

☐　我能用信用卡付款嗎？

☐　你可以用我的手機幫我拍照嗎？

☐　他可以在任何地方用筆記型電腦工作。

☐　你是用什麼東西切割它的？

☐　你可以用電子郵件預約。

☐　你可以在我們的網站上訂購。

☐　我看了很多電影學會英文。

☐　我是自學設計的。

☐　我們是透過追蹤客戶模式發現的。

☐　我想用熱水洗手。

Can I pay by card?
- by card → with card 或 with a credit card 也可以
  Can I use a credit card? 也可以

Can you take my picture with my phone?
- 人如果是複數→ our picture 也可以

He can work anywhere with a laptop.

What did you cut it with?

You can book by email.
- by → via 也可以
  book（訂飯店或機票）→ make a reservation 也可以

You can order it on our website.
- 在網路上用 on。
  by → via 也可以

I learned English by watching many movies.
- by → through 也可以

I learned design by myself.

We found it out by tracking customer patterns.
- tracking（追蹤）→ looking into（調查）也可以
  by tracking → from 也可以

I wanna wash my hands with hot water.

▶ 7-5 「用 1000 日幣」金錢和 for / at

☐ 它是 8 塊美元。

☐ 最便宜 iPhone 的是 600 美元。

☐ 我用半價買了上一代的機種。

☐ IKEA 用 6000 日圓賣很好的燈架。

☐ 我以折扣價買了這個。

☐ 你可以在那裡免費停車。

☐ 免費入場。

☐ 他請客作為我幫助他功課的回報。

☐ 我們會把商品的金額退還給您。

☐ 我用低利率借了錢。

It's $8.

The cheapest iPhone is $600.
● The cheapest iPhone is sold for $600. 也可以

I bought the previous model at half price.
● 折扣金額用 at。英語會用 bought「買了」表達「買到了」。

IKEA sells a good light stand for 6,000 yen.
● A good light stand is sold for 6,000 yen at IKEA. 也可以
如果 6000 日圓是折扣金額就可用 at

I bought this at a discount （price）.
● at a bargain 也可以

You can park there for free.

Entrance is free.
● entrance（入場費）→ admission 也可以
There's no entrance fee. 或
You can enter for free. 也可以

He treated me for helping him study.
● treat - 請客（吃飯）
help 是使役動詞，後面要接 him（參閱「4-3」）

We'll refund you for the product.
● refund you（退款）→ pay you back 也可以

I borrowed money at a low rate.
● 利率會變動，所以用 at

▶ 7-6 「五分鐘內」時間和 in / at / for…等

☐ 我會在 10 分鐘內完成。

☐ 我可以等 30 分鐘。

☐ 會議會在 2 點左右結束。

☐ 我會在 1 小時內抵達那裡。

☐ 我們 20 分鐘後樓下見。

☐ 你可以在下週前做嗎？

☐ 我會休息到下週三。

☐ 他已經講了 30 分鐘了。

☐ 你喝到很晚嗎？

☐ 5 分鐘前你有來電。

I'll finish in 10 minutes.
💬 也可用 within

I can wait for 30 minutes.

The meeting will finish around 2.
💬 around → at about 也可以

I'll arrive there in 1 hour.
💬 arrive → get 也可以

Let's meet downstairs in 20 minutes.
💬 20 minutes from now 也可以
downstairs（樓下）→ at the entrance（在入口處）等也可以

Can you do it by next week?

I'll be off until next Wednesday.
💬 be off → be on vacation 也可以

He's been talking for 30 minutes.
💬 speaking 也可以

Did you drink until late?

You got a phone call 5 minutes ago.
💬 got → missed 也可以
「～分鐘前」用 ago。

▶ 7-7 「在三月」月曆和 in / on / at

☐ 我們會在 16 日舉辦 BBQ。

☐ 這個週末我們會舉辦一場活動。

☐ 平常週末你都在做什麼？

☐ 3 月我會很忙。

☐ 今年 4 月我比較不忙。

☐ 我 20 幾歲的時候離過婚。

☐ 大約 6 點見。

☐ 今年冬天會比往常還冷。

☐ 5 月 1 日是我們的紀念日。

☐ 我週日和週一放假。

We'll have a BBQ on the 16th.

We'll have an event this weekend.
● this 後面不必加 on 或 in。

What do you do on weekends?
● on the weekend 也可以

I'll be busy in March.
●「今年三月」可把 in 改成 this

I'll be less busy this April.
● I won't be busy⋯也可以

I got divorced in my 20s.
●「20 幾歲、30 幾歲」與 year 的表達方式一樣要用 in。
in my 20s → when I was in my 20s 也可以

I'll meet you at about 6.
● at about → around 也可以
開車去接：pick up，搭火車或徒步去接：meet。

This winter will be colder （than usual）.
● It'll be colder （than usual）this winter. 也可以

May 1st is our anniversary.
● 日期當主詞時不必加 on。

I have the day off on Sundays and Mondays.
● I'll off⋯ 也可以
I have Sundays and Mondays off 也可以

▶ 7-8 「在夏季」期間和 during / between / among

☐　我在旅行途中造訪了 3 個國家。

☐　我在工作時想到了這個主意。

☐　這是我們之間的祕密。

☐　我們需要公司和員工之間更多的談話。

☐　流感正在我同事之間蔓延。

☐　這本小說受到年輕人的歡迎。

☐　村上春樹在歐洲很受歡迎。

☐　Ben 在你開會時留下了這個。

☐　我知道你和 Mike 的關係。

☐　我和他有什麼不同？

I visited 3 countries during the trip.
- visited （拜訪）→ went to 也可以

I came up with this idea during work.
- come up with - 想到
  at work → while I was working 也可以

It's a secret between us.
- between you and me 也可以

We need more conversations between the company and employees.
- eThere should be…也可以

The flu is spreading among my co-workers.
- in my company（在我公司內）也可以

The novel is popular among young people.
- 「在～之間流行」：popular with~ 也可以

Haruki Murakami is very popular in Europe.
- 歐洲是區域，用 in。

Ben left this while you were in the meeting.
- …during your meeting. 也可以

I know about your relationship with Mike.
- …the relationship between you and Mike. 也可以

What's the difference between him and me?
- …him and I. 也可以
  （雖然文法有誤，但實際上是有在使用的說法）

英語造句
練習

▶ 7-9 「關於～」代表主題的 on / of / about

☐ 我買了一本有關英語文法的書。

☐ 我寫了一篇關於當代藝術的文章。

☐ 我以前說過這個嗎？

☐ 你對這個提議有什麼看法？

☐ Ben 給我在國外找工作不錯的建議。

☐ 這是一個當代音樂的範例。

☐ 這是一個如何使用 Photoshop 的範例。

☐ 這是我如何成為一名教師的故事。

☐ 我在紐約看了一部有關警察的電影。

☐ 我反對殺生。

I bought a book on English grammar.
💬 因為是「寫得很詳盡的書」，用 on 最貼切。

I wrote an article on contemporary art.
💬 微妙差異在「寫了詳細的文章」，write 普遍用 on。

Did I talk about this before?

What's your opinion on this proposal?
💬 on → of / about，opinion → take 也可以
What do you think about this proposal? 也可以

Ben gave me good advice on finding a job in foreign countries.
💬 on → about 也可以
「找工作」→ looking for a job 也可以

This is an example of contemporary music.

This is an example of how to use Photoshop.
💬 example of（～的例子）後面接 how to （～的方法）。

This is the story of how I became a teacher.

I watched a movie about police in New York.
💬 about → of 也可以
about → on，意思會變成警察紀錄片

I'm against the killing of animals.
💬 I'm opposed to… 也可以
the killing of 也可用 killing （比較正式）

▶ 7-10 「的」的使用區分 in / of / to

☐　我喜歡你的髮色。

☐　東京的房價不斷上漲。

☐　你有胃痛（肚子痛）的藥嗎？

☐　我要接受癌症的手術。

☐　我弄丟了房間的鑰匙。

☐　說一場優質演講的關鍵是什麼？

☐　這場會議的目的是什麼？

☐　幾乎我所有的同事都單身。

☐　選擇紙張大小。

☐　今年客戶數量有大幅的成長。

I like the color of your hair.
💬 your hair color 也可以

The price of houses in Tokyo is increasing.
💬 increasing → rising 或 going up 也可以

Do you have medicine for a stomachache?
💬 「給肚子痛的藥」用 for。

I'm having surgery for cancer.
💬 cancer surgery 也可以
surgery → an operation 也可以
為了表達「下定決心」，常用 I'm having 或 I'm going to。

I lost the key to my room.
💬 與鑰匙等「成對搭配的事物」用 to。
→ my room key 也可以

What is the key to making a good speech?
💬 making → giving 也可以

What is the purpose of this meeting?
💬 purpose（目的）→ goal（目標）也可以

Most of my colleagues are single.

Choose the size of the paper.

There was a big increase in customers this year.
💬 increase 等表示變化的字後面常接 in。
There was → We saw 也可以

英語造句
練習

▶ 7-11　「在右手臂上」身體和 on / in / with

Can you see the woman in white?
● 用 in 表達在衣服裡面的狀態。
想補充說明時也可用 in the white shirt（白襯衫）

Can you see the man with red shoes?
● 穿在身上的物品如鞋子用 with。

Can you see the woman with brown hair?

What's in your hand?

I've had a pain in my neck since this morning.
● 用現在完成式表達從早上持續一直到現在的情況。
There's been a pain…也可以

You should take out your contacts.
● …take your contacts out. 也可以

You should put on your coat.
● …put your coat on. 也可以

There's something on your shoulder.

We hired a person with design skills.

We hired a young person with great potential.
● great → huge 或 big（兩者都是很大的意思）也可以

▶ 7-12　「心情好」的狀態和 in / on / under

☐　　抱歉我在趕時間。

☐　　參加派對聚會的人們心情都很好。

☐　　新 iPhone 正在銷售中。

☐　　她還在進行鳳梨減肥法。

☐　　你還在服用那個藥嗎？

☐　　汽車產業正處於危機之中。

☐　　我欠你錢。

☐　　其實我愛上她了。

☐　　法律之前人人平等。

☐　　我們的任務是要讓病毒得到控制。

Sorry, I'm in a hurry.

People at the party were in a good mood.
- The people at⋯（「全體參加者」的意思）也可以
  People who joined the party⋯也可以

The new iPhone is on sale.

The new iPhone is on sale.
- She has been⋯也可以

Are you still on the medicine?
- 定期服用藥物的狀態也用 on。
  on → taking 也可以

The car industry is in crisis.
- in crisis - 陷入危機

I'm in debt to you.
- in debt （to~） - 欠 ~ 的錢、欠錢
→ I owe you. 或 I'm indebted to you. 也可以

In fact, I'm in love with her.
- in love with~ 和～相愛

We are equal under the law.
- under the law- 在法律之下

Our mission is to get the virus under control.
- under control - 在控制之下
  get A B （把 A 變成 B 的狀態）。

memo

memo

超高效會話！瞬間開口說英語：腦中英語革命，用基礎文法重新塑造英語腦 /
竹內智則著；王韶瑜譯 . -- 初版 . -- 臺北市：笛藤出版圖書有限公司，2022.12

面； 公分

ISBN 978-957-710-881-4(平裝)

1.CST: 英語 2.CST: 讀本

805.18　　 111019486

超高效會話！
瞬間開口說英語

<blockquote>

</blockquote>

2022 年 12 月 28 日　初版第一刷　定價 399 元

作　　　者	Urban Meetup Tokyo 竹內智則
監修協力	Jeffrey Hadley
譯　　　者	王韶瑜
總 編 輯	洪季楨
美術編輯	王舒玗
編輯企劃	笛藤出版
發 行 所	八方出版股份有限公司
發 行 人	林建仲
地　　　址	台北市中山區長安東路二段 171 號 3 樓 3 室
電　　　話	(02) 2777-3682
傳　　　真	(02) 2777-3672
總 經 銷	聯合發行股份有限公司
地　　　址	新北市新店區寶橋路 235 巷 6 弄 6 號 2 樓
電　　　話	(02)2917-8022(02)2917-8042
製 版 廠	造極彩色印刷製版股份有限公司
地　　　址	新北市中和區中山路二段 380 巷 7 號 1 樓
電　　　話	(02)2240-0333(02)2248-3904
郵撥帳戶	八方出版股份有限公司
郵撥帳號	19809050

BOKURA NO SHUNKAN EISAKUBUN
Copyright © 2021 by Tomonori TAKEUCHI
All rights reserved.
Illustrations by Urban Meetup Tokyo
First published in Japan in 2021 by Daiwashuppan, Inc.
Traditional Chinese translation rights arranged with PHP Institute, Inc., Japan.
through LEE's Literary Agency.